神の子

花川戸町自身番日記

辻堂 魁

祥伝社文庫

目次

『神の子』の舞台

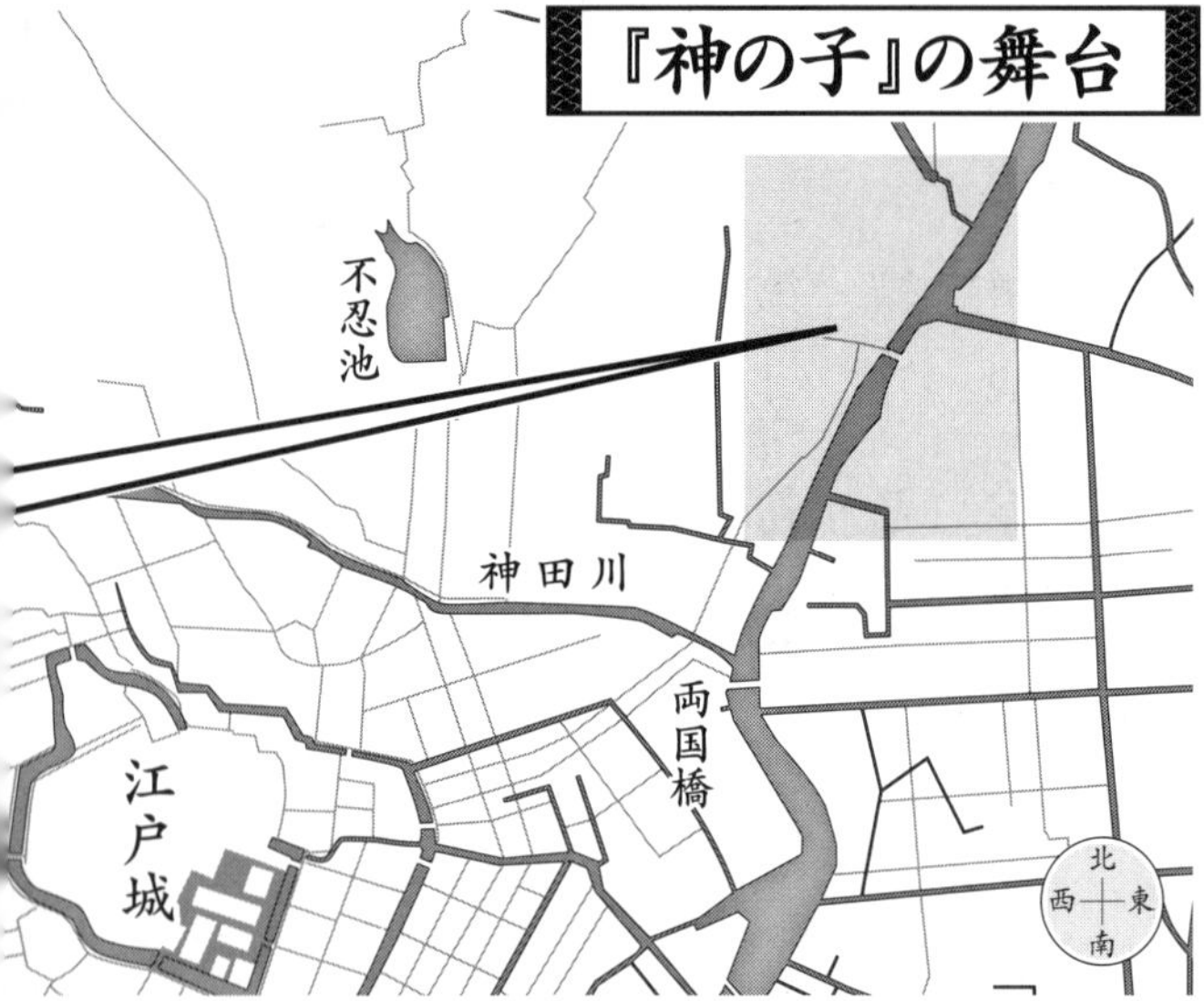

不忍池
神田川
両国橋
江戸城
北
西
東
南

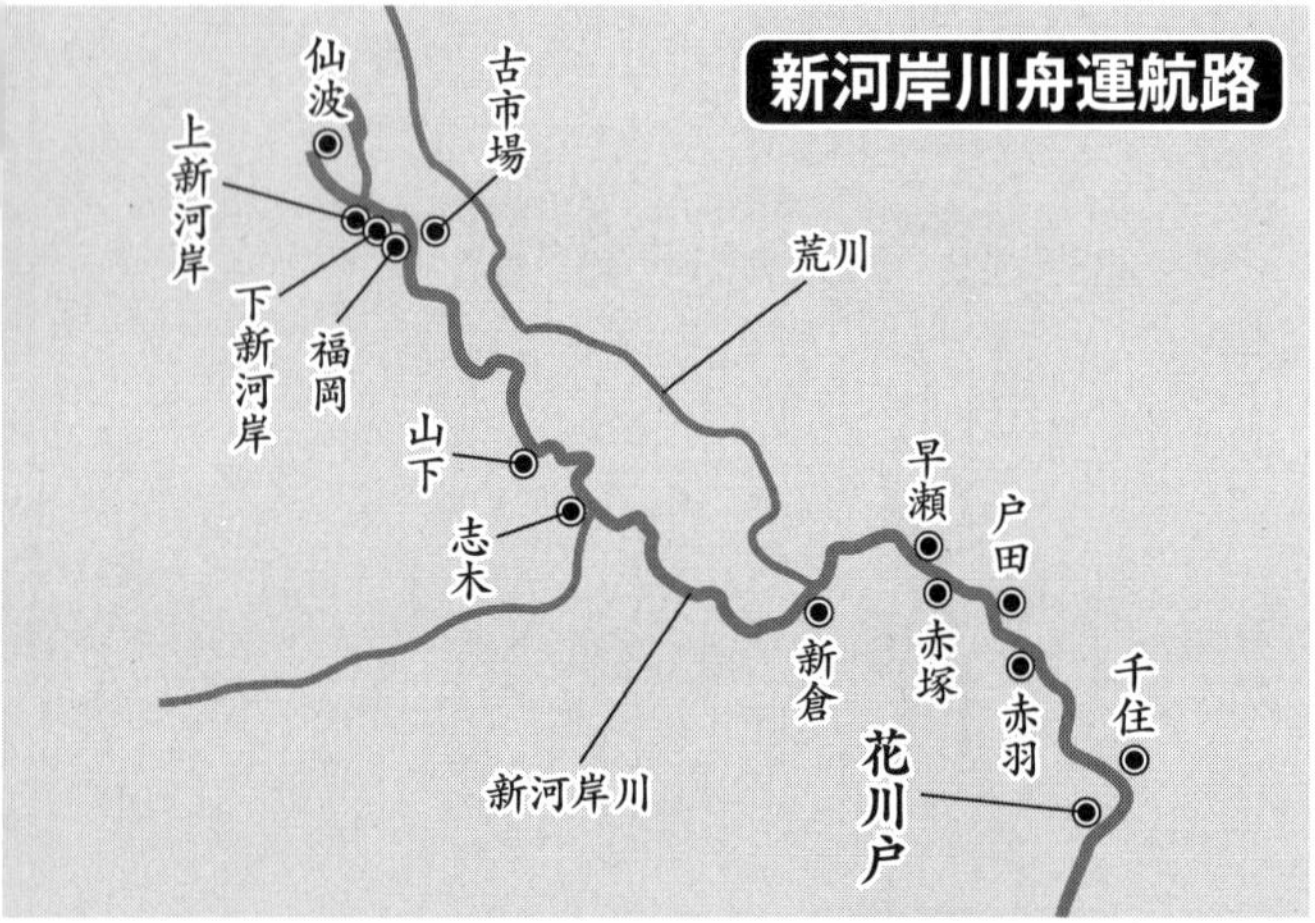

新河岸川舟運航路

仙波
古市場
上新河岸
下新河岸
福岡
荒川
山下
志木
早瀬
戸田
赤塚
新倉
赤羽
千住
花川戸
新河岸川

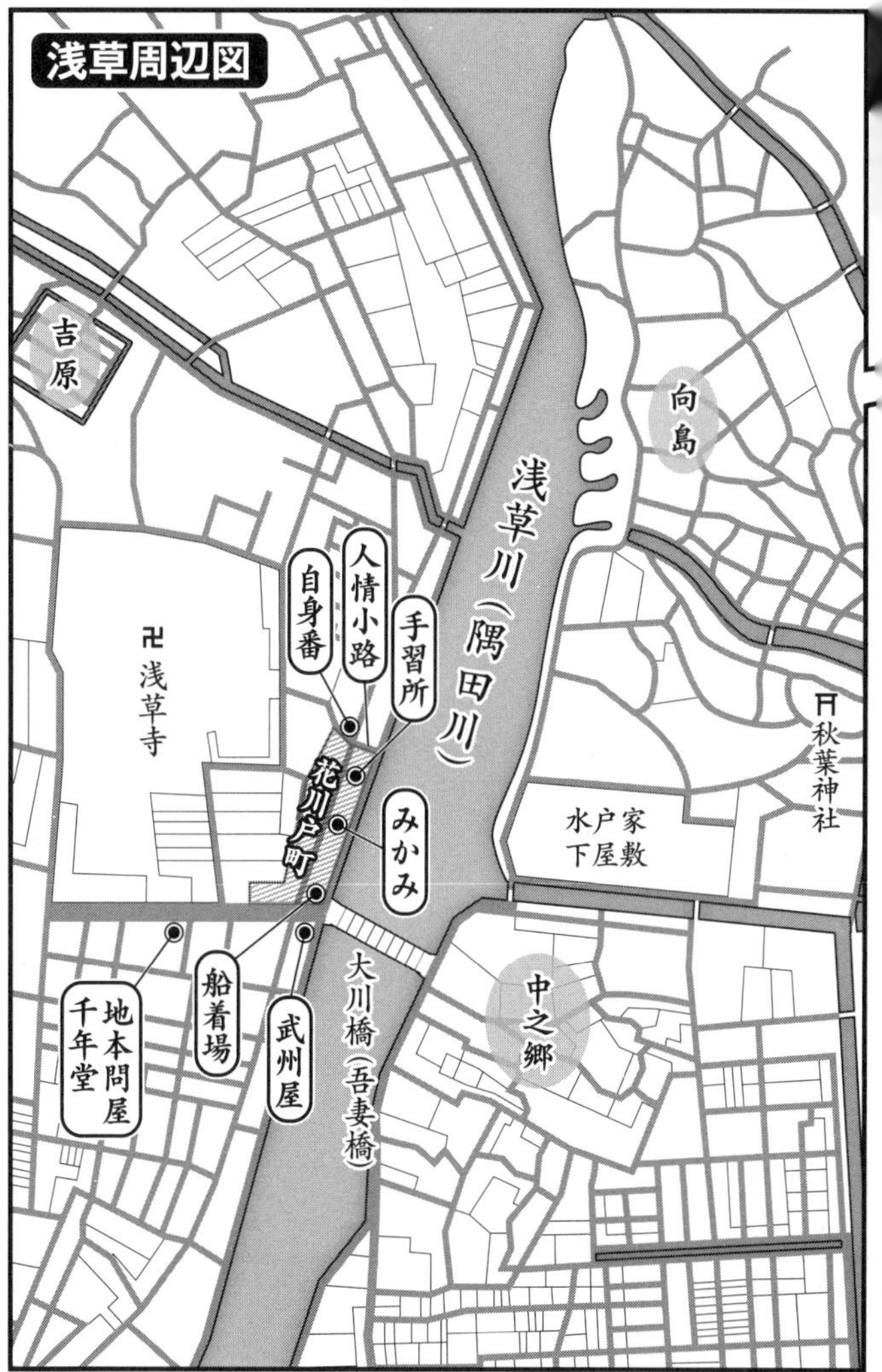
浅草周辺図
吉原
浅草寺
人情小路
自身番
手習所
花川戸町
みかみ
船着場
地本問屋
千年堂
武州屋
浅草川（隅田川）
大川橋（吾妻橋）
向島
秋葉神社
水戸家
下屋敷
中之郷

地図作成／三潮社

序　浅草川

一

ゆるやかに反った大川橋（吾妻橋）の橋上に托鉢の僧の墨染め衣が翻り、彼方に朝の晴れ晴れとした浄土の青空が広がっていた。

浅草広小路から渡り銭が二文の大川橋を渡れば、川向こうは中之郷である。

大川橋の手前に花川戸町へ折れる木戸があり、木戸際に石灯籠が立っている。

広小路を挟んだ材木町の木戸脇には、番太郎の助造さんが焼き芋と荒物を売る番小屋がある。

《川越名物さつま芋》の小旗が番小屋の軒に提がっていて、助造さんも年をとったけれど、焼き芋のほくほくした懐かしい匂いは子供のころから変わらずに嗅げる。

可一は『愁説仇討紅椿奇談』の草稿を包んだ風呂敷包みを抱え、東仲町の地本問屋《千年堂》さんから浅草広小路を大川橋の方へ下駄を鳴らしてきた。

木戸をくぐり、大川に沿って南北に伸びる花川戸町の表通りを北へとった。

「確かにこちらの言った通りには、できていますがね……」

千年堂の嘉六さんに言われたことが、可一の頭の中を廻っていた。

「なんて言うかな、逆に説明調子に流れちゃってね、描写に艶が乏しいんでさあ。人を描くってえのは……」

「だらだらと書き連ねりゃあいいってもんじゃねえんだな。そいつがどこの誰兵衛か勘所を押さえて、物語の流れに当たり前のように乗せてやる。その著述の妙に人の精気が生まれ描写に艶が出る。人情の機微も浮かびあがるんでさあ」

「たとえばここ……主人公が幼馴染のご新造と十年振りに再会する場面、ご新造の描写を藤の花に譬えるなんざあ、あまりにも手が古いんじゃねえですか」

『愁説仇討紅椿奇談』は先月、可一が半年がかりで書きあげた読本の二作目だった。

草稿は嘉六さんと何度も話し合い要望通りに書きあげたつもりだが、嘉六さんは草稿から顔をあげ、ぐさりと言った。

「では先生、直していただきたい箇所に朱を入れておきましたから」

可一が草稿を取ってさらりさらりとめくると、いたるところに線引きや傍点、指摘の朱が乱雑に入っている。

まるで自分の身体に朱を直に入れられたみたいな、気恥ずかしい気分だった。冷汗が出た。

可一は青空に向かって溜息と一緒に、沈んだ気分を吐き出した。

通りの両側には間口一、二間（約一・八～三・六メートル）の表店が軒を連ねている。

格子戸に腰高の障子戸、軒暖簾や半暖簾、看板提灯を提げたそれぞれの店では、この刻限、もう商いが始まっている。

主人が店先の露台に売り物を並べ、おかみさんが道に水をまいたりして立ち働き、隣のおかみさんとのどかに挨拶を交わし、小僧さんが小走りに駆け、手拭をかぶる行商が両天秤の荷物をゆらしている。

どの人々にもひとしく朝の青い光が差し、普段と変わらぬ界隈の風景である。

「よう、かっちゃん。いい天気が続くね」

仏具屋の源五郎さんがいつもの元気な声をかけてきた。

「墨田堤の桜が、散り始めていますよ」

可一は源五郎さんに会釈を投げ、
おはよう、おはようございます、はいどうも……

と、みな子供のころからの顔見知りばかりに挨拶を交わしながら通りをゆくと、足取りも自然と軽くなる。

表通りを二町（約二一八メートル）いった山之宿町との町境、いつのころから町の人が人情小路と呼ぶ横町との辻に、花川戸町と山之宿町の最合の自身番が設けられていて、自身番の桟瓦を葺いた屋根の物見台から火の見の梯子に半鐘が青空に伸びていた。

可一は、花川戸町の勝蔵院門前で三代前から紅屋を営む《入倉屋》の次男坊である。

五十をすぎた両親は、隠居をする年でもないけれど、三年前、可一より五つ年上の兄良助が嫁をもらったのを機に入倉屋の家業を良助に任せ、今は町内の少しばかりの地主として裏店を幾つか持ち、のんびり暮らしている。

去年、しっかり者の兄夫婦に念願の初孫ができ、家業の商いもまずまずだし、まあつつがない毎日と言えば言えた。

そんな両親の近ごろのちょっとした心配のたねが、可一の行く末である。

可一は小さいころから物覚えがよく本好きで、本ばかり読んでいる子供だった。

目のくりくりとした可愛らしい顔立ちに、手のかからない優しい気立てを慈しんだ両親は、可一が次男坊ということもあってやかましく言わず、子供のうちは、ある意味でそれは今もだが、本人の好きにさせて育てた。

それがよかったのか間違っていたのか、可一は兄と違って家業には関心を示さず、

「家は兄さんが継ぐのですから、わたしは物書きになります。曲亭馬琴先生のような戯作者です。身を立てていけるまでには少々時間がかかりますので、それまではお父っつあんとおっ母さんのご厄介になります。どうぞよろしく」

と、大真面目に言って両親を呆れさせたのが十八歳のときだった。

「そのきょうていばっきん、たら言う先生はどういう方なんだい」

「曲亭馬琴、です。今、『南総里見八犬伝』という壮大な読本を執筆中の大先生

です」

『南総里見八犬伝』という読本の評判ぐらいは、両親も耳にしたことはあった。けれどもその南総なんたらで身を立てると言ったって身が立つものなのかい、と両親にはまるで見当がつかない。

「馬琴先生は大御所中の大御所ですから、数多いる戯作者とは較べられませんが、年に三十数両をお稼ぎとうかがいました」

可一は平然と応えた。

はあ……と両親はあんぐりと口を空けた。

三十数両と言えば、百石以上の知行地を持つお武家の家禄ほどだった。大店の商人の稼ぎとは較ぶべくもないものの、花川戸町あたりの小商いの稼ぎよりは多いことは確かである。

通いの使用人ひとりと住みこみの下女ひとりを雇う三代目の入倉屋にしてからが、年にそれくらいの稼ぎを出すのは難しい。

倅の面倒を見るのはかまわないが、いい年をした男が働きもせずいつまでも親の脛齧りというのはご近所にだって体裁が悪いし、そのうちに上野あたりに入倉屋の別店を構えそこを継がせようと考えていたのに、当てがはずれた。

そんなんじゃあ嫁ももらえない、困ったやつだ。

母親よりも心配性の父親が気をもむのをよそに、可一は終日部屋に閉じこもって本読みと戯作三昧(ざんまい)の、端(はた)から見ればぐうたら者の日々を送ってきた。

そうして月日は流れはや二十代の半ばをすぎ、年が明けたこの春二十七歳になった。

可一は自身番の火の見の梯子を見あげながら、下駄を鳴らした。

朝のお天とさまが眩(まぶ)しかった。

やれやれ、とは自分でも思う。

いずれ気が付いて改めるだろう、と思っているお父っつあんにもおっ母さんにも、申しわけないとも思っている。

風呂敷に包んだ草稿を、抱え直した。

去年、東仲町の地本問屋の千年堂さんより『残菊有情(ざんぎくうじょう) 乱月之契(らんげつのちぎり)』というお家騒動ものをついに上梓(じょうし)した。記念すべき第一作だった。自信作だった。

ご主人の嘉六さんも「いいですね、先生」と褒(ほ)めてくれた。けれど、

「評判は、どんなものですかね」

「ふうむ。少しずつ名前が売れればね。正念場はまだこれからですよ」

と後日、嘉六さんは鉈豆煙管を咥え、薄笑いを浮かべて言った。

そして今日の二作目『愁説仇討紅椿奇談』の書き直しである。嘉六さんの評価は一作目よりだいぶ辛口になった。

自身番の入り口前の玉砂利をかしゃかしゃと踏み、あがり框で足袋の汚れを払った。

自身番は九尺二間（約六畳程度）の建物と決まってはいるが、実際はそれでは手狭なので、大抵の自身番は二間三間の大きさがあった。

軒庇の下の右手に、突棒、刺股、袖搦の三つ道具、左側には火消し用の纏や鳶口に竜吐水、梯子が備わり、庇の外に玄蕃桶も据えてある。表の左右二本柱には、花川戸と山之宿の町名に自身番と記した短冊形の行灯がかけてある。町名と自身番を記した腰障子を開け、あがり端の低い衝立の向こうへ、

「おはようございます」

と笑顔と明るい声を投げた。

おはよう、おはよう、おおっす……

五人組の当番の家主重左衛門さん、店番の豆腐屋《沢尻》の岸兵衛さん、煙草

屋の清蔵さんの三人が揃って顔を向けた。

　六畳の部屋と両開きの腰障子の奥が三畳ほどの板敷になっていて、板敷の壁に町内に縄付きが出たとき縄尻を括り付けて拘束する《ほた》という金具が取り付けてある。

　岸兵衛さんと清蔵さんの将棋が始まっていて、年かさの重左衛門さんが火鉢の側で長煙管を吹かし、どちらかが打った手に何やら注釈を垂れているところだった。

「早々と始まっていますね」

「岸兵衛さんがどうしてもって言うから、またひねってやろうと思ってさ」

　清蔵さんが余裕で笑いかけた。

「清さんには、先だってのおかえしをしなきゃあ」

　岸兵衛さんが将棋盤を睨んだまま呟いた。

「岸兵衛さんの番だよ。まだかい。下手の考え休むに似たりってね」

「うるさいなあ、わかっているよ」

　岸兵衛さんが将棋盤に駒をぱちんぱちんと鳴らし、思案が続いているらしい。

　可一は町内提灯がかかっている壁際の文机に草稿の風呂敷包みを置き、書役を始めるとき、兄の良助から譲り受けた黒羽織を脱いで衣桁にかけた。

それから重左衛門さんの脇の、火鉢に架けた鉄瓶の湯を急須にそそいで茶を淹れた。

「まあ、二人ともへぼだがね」

重左衛門さんがにやにや笑いでまぜかえすのを、

「そうなんですか」

と受け流しつつしばらく勝負を観戦し、それから文机に着いた。

可一が名主の善兵衛さんから、適当な人が見つかるまで引き受けてくれないか、と自身番の書役を頼まれたのは三年前だった。

書役とは町内雇いの自身番に常勤する一種の書記役である。

主な仕事は寄合が行なわれるときの書記掛、三年目ごとに町奉行所と名主さんへ出す町内の人別の改め、小間割という町入用を勘定して家主さんへの請求、などである。

給金は半季雇い一季雇いの下男奉公よりは幾分ましな、年数両ほどが町入用から支給される。

この書役にも株があり、株は売り買いの対象になった。

ただ、読み書き算盤（そろばん）ができなくてはならないし、役目柄、誰でもというわけにもいかず、そのころ町内に適当な人物が見つからなかった。

それで、暇そうにぶらぶらしている可一に役目が廻ってきたのである。

いい年をして小遣（こづか）いまで親のやっかいになっているのも気が引けていたところだったので、可一は小遣いぐらいは自分でと臨時に引き受けた。

父親は、勤めるなら家の商いをなぜやらん、と母親に不満をもらしたそうだ。けれど、結局、何もせずぶらぶらしているよりはましと思ったからか、反対もしなかった。

勤めてみると、書役の仕事は可一の気性（きしょう）に存外合っていた。町内の出来事やご近所のもめ事などに気を配ることが、物書きの好奇心をちょっとそそった。

人は様々だな、と改めて習い事をしている気分だった。

なんだかんだ言い訳しながら、善兵衛さんに頼まれるまま、次の年、また次の年と引き受けて、三年目の春になっていた。

可一は温かい茶を含み、三年か、と思った。

文机には自身番日記と硯（すずり）箱が置いてある。

自身番日記とは、どの自身番にも必ず備えておくのが決まりの、人別帖（にんべつちょう）とは違う町内の出来事を記述しておくための日誌である。
書役の務めにもうひとつ、この自身番日記を付ける役目があった。
可一は墨をすった。
それから白い表紙に《花川戸町　山之宿町》と墨で記した自身番日記を開いた。
三月六日　本日　天気晴朗
新しい紙面に筆を黒々と走らせた。

二

「そうそう、常州のさるお大名でお家騒動が起こっているって噂が流れていますね。重左衛門さん、聞いていませんか」

清蔵さんが重左衛門さんに話しかけた。

岸兵衛さんはまた長考に入り、将棋盤に駒をぱちんぱちんと鳴らしている。

「聞いているよ。下館藩だろう。あそこはよくお家騒動が起こるお大名だね。七、八年前にもひと悶着あったな」

重左衛門さんが煙管を吹かして応えた。

「へえ。七、八年前にも。それはどんなお家騒動だったんです」

「なんでも下館で一揆やら打ち壊しが起こって、改革派と伝統派のどっちが藩政を握るかで、だいぶもめたんだ。お家騒動なんてたいがいそんなところさ。下館藩は改易になるんじゃないかと読売が面白がって書き立てたんだが、清蔵は覚えてないかい」

「そんな騒ぎがありましたっけ。下館藩は何家です」

「石川家二万石だね。こう続くとご公儀が堪忍袋の緒が切れて、おまえたちいい加減にしろと、厳しいご裁許がくだされるかもしれないよ」

岸兵衛さんが、ぴしゃりと駒を打った。

「七六歩か。うん、その手はいい。珍しくいい手を打ったね。将棋は守るだけじゃあだめだ。攻めなきゃあ」

岸兵衛さんは重左衛門さんに褒められて、顔をほころばせた。

今度は清蔵さんがうなって、長考に入った。

岸兵衛さんは湯呑を持ちあげ、

「お大名がお取り潰しになったら、また沢山のご浪人さんが出て大変ですね」

と、清蔵さんの話を引き取った。

「暮らしのたづきを失ったお侍があふれると、江戸に入ってくる流れ者が増えるだろうな。世の中、そうしたもんだから」

「手習い師匠の高杉先生も下館藩じゃなかったですかい」

長考中の清蔵さんが口を挟んだ。

「そうなのかい。確かに常州とは聞いていたが、お国は知らなかったね」

重左衛門さんが鉄瓶の湯を急須にそそぎ、茶をそれぞれの湯呑についだ。

「どうも、いただきます。高杉先生のような人柄の立派なお侍さんなら何も心配はいらないんですけどね」

岸兵衛さんが湯呑を、ずるずると鳴らした。

「流れ者と言やあ、杜若の清兵衛が関八州へ姿をくらまして三年になるのに、捕まりませんね。八州さまが血眼になって追ってるそうですが」

「は、は、は……八州さまの取り締りと言ったって土地の者の道案内で一両年間に一度、村々を見廻るだけだからね。うまい具合にいき合わせりゃあ捕まえもするが、そんな都合よくいくわけがないよ。土地の目明かし番太がどれくらい目を光らせるか、そこが肝心だろうね」

重左衛門さんは笑いながら言った。

「それに杜若の清兵衛ひとりを捕まえたってまた次の清兵衛が現れる。何しろ、八州の貧乏百姓らは村の高利貸に田んぼを取られて、水呑(みずのみ)百姓になるか逃散(ちょうさん)するかしかないありさまだ。逃散した百姓が無宿渡世(むしゅくとせい)の流れ者になる。その中から次の清兵衛が現れるというからくりさ」

と、重左衛門さんは理屈の達者(たっしゃ)な、町内のご意見番みたいな人である。

「そういうことを放っておくご政道(せいどう)の方が間違っているのだよ。幾(いく)ら取り締りを厳しくしたって、それじゃあいたちごっこだ」

ご政道が間違っていると言われてもよくわからない岸兵衛さんは、「はあ」と気の抜けた声をもらして頷(うなず)いた。そのとき、

「ここは我慢して、歩で受けましょう」

と、清蔵さんが七八歩をちょこんと置いた。

「それが一番ましな手だな。七六歩を放っておくわけにはいかないよ」

重左衛門さんは盤上の次の展開を、指先を左右に動かしつつ読んだ。

岸兵衛さんの長考と、ぱちんぱちんと鳴らす駒の音が始まった。

「《みかみ》の吉竹(よしたけ)が、彦助(ひこすけ)に食い物にされているみたいですよ」

と、清蔵さんがちょっと声をひそめて言った。

可一は町入用の概要を自身番日記に記していた手を止めた。

「彦助の野郎、性質が悪いったらありませんね。あいつも今に札付きから無宿の境涯に落ちて、次の杜若の清兵衛になるんですかね」

清蔵さんは気の利いた冗談を言ったつもりなのか、ひとりで笑った。

可一は筆を置き、清蔵さんの方へ振り向いた。

「食い物にされているって、どういう事情だい。吉竹が札付きの彦助をよく雇ったものだと感心していたんだ。彦助はみかみでちゃんと働いているんじゃないのかい」

重左衛門さんが訊いた。

「それがね、どうもそうじゃないらしいんですよ。三年前、吉竹のおふくろさんが亡くなってから、昼間、東仲町のお八重さんを雇ってみかみを開いていたのは、重左衛門さん、当然ご存じですよね」

「当たり前じゃないか」

「先だって、お八重さんが郷里へ引っこむことにしたとかで、みかみを辞めたんです」

「そうだってな」

「昨日、うちのが道でお八重さんと遇いましてね。江戸を引き払われるそうでと挨拶なんぞをした折りに、立ち話でお八重さんから聞かされたんですよ。吉竹が彦助にだいぶ手を焼いているって」

「手を焼いている？　彦助が何をした」

「お八重さんは歩くのも不自由な親を抱えていて昼間だけしかみかみで働けず、だからみかみは、夜は人手が足りなかった。半年ほど前、彦助は吉竹が人手を探しているのを聞き付けて、友達が困っているなら手伝ってやるぜと、吉竹の友達面して勝手に押しかけてみかみに入りこんだ、ってわけです」

「彦助は吉竹の幼馴染だって聞いたよ。なあ、かっちゃん」

岸兵衛さんが駒の音を止めて、可一に顔を向けた。

「さあ、幼馴染かどうかは。彦助さんは隣の山之宿町なので、顔はわたしも知っていますけど……」

可一は曖昧に応えた。

「そうだよ。幼馴染じゃあないよ。隣町だから顔を知っているってだけなのさ」

と、清蔵さんは続けた。

「ところが彦助の野郎、とんでもないいかさま野郎だ。昼前にでれっとみかみにくると、吉竹が忙しくしているのに手伝いなんかしやしない。昼や晩のただ飯はちゃんと食って、夜は呑み客と一緒になって店の酒を呑み、酔っ払ったらいい加減にいなくなっちまう。一日中そんなふうにすごしているって、言うんですよ」

「それは、まずいじゃないか」

「まずいどころじゃありませんよ。この半年、ずっとそうで、おまけに一人前に給金を取っているって言うんですぜ」

「そんなんじゃあ、吉竹にたかっているのとおんなじだ」

　と、岸兵衛さんが言った。

「岸兵衛さんもそう思うだろう。それともうひとつさ、これはお八重さんも証拠があって言うんじゃあないが、彦助の野郎、みかみの売り上げにちょこちょこと手を付けているらしいんだ」

　重左衛門さんは、煙管にまた刻みを詰めながら言った。

「吉竹は、知らないのかい」

「知っていますよ。お八重さんが辞めるとき吉竹にその話をしたら、驚きもせず笑っていたそうですから。けど吉竹は気立てが優しいっていうか、気の弱い男だもんで気付いても言えない。そこに付け入って彦助は、吉竹を食い物にしているんです」

　重左衛門さんは火皿に火鉢の火をつけ、ぷかりと煙を吹かした。

「吉竹は人はいいんだが、あそこまで気が弱いのも少々困りものだな」

「でしょう。誰かがなんとかしてやらないと吉竹が可哀想(かわいそう)だって、お八重さんが言っていたそうです」

「可一は吉竹から彦助のことで、何か聞いていないかい」

　重左衛門さんが可一に訊いた。

いえ、と可一は首を傾(かし)げた。

「よっちゃんは幼馴染ですけど、こっちから言ってやらないと自分の方から言い出せないんです。子供のころからそうでした」

　言いながら、可一は筆を置いて自身番日記を閉じた。

「だからと言って、吉竹もいい年をした大人なんだし、気付いて何も言わないってことは幾らなんでもないだろう」

「いやいや重左衛門さん、吉竹はああいう男ですから」

「とにかくあの彦助はまずいですよ。すっぽんみたいに食い付いたら離さない」

などと、三人は将棋盤を囲んであれこれ吉竹と彦助の評判を始めた。

可一は立ちあがり、衣桁の黒羽織を羽織った。

「おや、お出かけかい」

清蔵さんが言った。

「船頭(せんどう)の啓次郎(けいじろう)さんにちょっと用があるので、河岸場(かしば)までいってきます。ついでにみかみにも顔を出してきますよ」

可一は応えた。

「そうだな。幼馴染の可一からそれとなく訊いてやってもいいかもしれないね」

重左衛門さんが灰吹(はいふ)きに吸殻を落とした。

三

自身番を出ると、人情小路を浅草川（隅田川(すみだがわ)）へ取った。

葉唐辛子(はとうがらし)の朝売りが、

「え、はとんがらしゃぁあい、とんがらしゃい、はとんがらしゃぁあい、とんがらしゃい……」

と、のんびりと朝の通りを流していた。

花川戸の南北の表通りや浅草川の堤道へ出る人情小路が主に賑わうのは、浅草寺の参詣客が帰りに寄り道する昼九ツ（正午）から午後八ツ半（午後三時）ごろにかけてである。

本所、中之郷、向島への戻りが花川戸町の木戸前をすぎて大川橋を渡り、京橋や芝、深川あたりまでの戻りになると、大川をくだる猪牙を使う場合が多い。

そういう参詣の戻り客が町を賑わしてくれるし、花川戸で一杯やって、浅草寺の北方、山谷堀日本堤の吉原へ駕籠で繰り出す嫖客もいる。

また山谷堀よりさらに北へ、小塚原、千住大橋を越えていけば日光奥州への街道につながり、花川戸の船着場は武州川越と結ぶ舟運が毎日就航している。

川越から熊谷道をたどって中山道。中山道から上州路をはるばるとすぎて三国峠を越えると、そこはもう越後である。

言ってみれば花川戸は、江戸の北の玄関に当たるような町なのだ。

可一は人情小路のひとつ目の角を花川戸町の方へ折れて、左、右、左と三つ曲がった路地のどぶ板に、下駄をごとごとと鳴らした。

三つ目を折れた路地は、薬種砂糖の幟をかかげる薬種問屋《境屋》勘三郎さんの店の板壁と、居付き地主で名物《あなごの柏村》を営む宗右衛門さんの土蔵の壁が一方に連なっている。

片側は数件の古びた裏店の軒が続いて、路地から浅草川の堤へ抜けられた。井戸と小さな稲荷の祠、雪隠、ごみ捨て場があり、どぶ板が通っている。

吉竹の営む一膳飯屋みかみは、路地が浅草川の堤へ抜ける北角にある。

路地への曲がり角の店は、高杉哲太郎先生が住まいと界隈の子供らに読み書きに算盤を教える教場を兼ねた手習い所である。

表の腰高障子が開いていて、三畳の板敷の奥の六畳間で高杉先生が子供の手習いに倒書しているのが見えた。

手習いの小さな子供たちが可一に気付き、手を止めて筆を振った。

高杉先生は路地からひょいと顔をのぞかせている可一を見付けると、髭を剃った跡の青い口元を優しくほころばせて、張りのある低い声を響かせた。

「お、可一さん、何かご用か」

「近くにきたので、ちょっとのぞいただけです。先生の顔を見たら、それでもう用が済みました」

先生はからからと笑った。

高杉先生は肩幅が広く、目は大きくてきりっとしているけれど、八の字眉や高い鷲鼻、顎骨が鰓のように張った下膨れにへの字に結んだ唇などが、泣き笑いをしているみたいなちょっと情けなさそうな顔立ちのお侍だった。

常州のどっかの藩の勘定方だったそうだが、ゆえあって浪々の身となり、七年前、町内に越してきて手習い所を始めた。

年は可一より十ほど上である。

どんな事情があって国を出たのか、高杉先生は語らない。

先生が語らないのだから可一も訊かないようにしていた。

だが、高杉先生はとても立派なお侍だ。

子供たちからも子供たちの親からも慕われ、尊敬されている。

読み書きだけじゃなく算盤もできるし、可一よりはるかに沢山の本を読んでいる。

関孝和という和算の昔の大先生のことを教えてくれたのも、高杉先生だった。

関孝和の『発微算法』という本を高杉先生に貸してもらって書面を繰ったものの、始めから何が書いてあるのやらさっぱりわからず、すぐに投げ出したけれど。

高杉先生とは、お互い、寄席(よせ)や浄瑠璃(じょうるり)のひいきというので数年前から親しくなった。

特に、猿若町(さるわか)の《結城座(ゆうきざ)》や《薩摩座(さつま)》の操(あやつり)芝居の演目で浄瑠璃(じょうるり)の近松物(ちかまつもの)の評判で盛りあがりつつ、先生と酒を呑むのがとても愉快だし、先生のような優れた人が近松のひいきだったことが可一は嬉しかった。

「可一さん、今晩あたり、みかみで近松を語りながら一杯、どうかね」

と、高杉先生が言った、

先生は可一を誘うとき、近松を語らなくともそんな砕(くだ)けた言い方をする。

「いいですね。やりましょう。いつも通り、六ツ（午後六時頃）でいいですか」

「六ツだな。じゃあ、みかみで」

「みんな、先生の言い付けを守って、ちゃんと手習いをするんだよ」

可一は、子供たちへ笑顔をまいた。

子供たちが口々に返事をし、わいわいと賑やかな手習い所を後にして、路地の先へ下駄を鳴らした。

浅草川の堤に、薄紅色の花を咲かせている桜の木が見える。

可一はみかみの勝手口の腰高障子を開けた。

「おはよう、よっちゃん。いるかい」

「よう、おはよう」

調理場の土間で、昼時の下拵え(したごしら)をしている吉竹が笑顔を廻した。

吉竹は盲縞(めくらじま)を着流して襷(たすき)をかけ、洗い晒(ざら)しの前垂(まえだ)れに真新しい下駄を履(は)いていた。

竈(かまど)に飯釜が架けられ、薪(まき)が赤い炎をゆらしていた。

飯の炊けるいい匂いが調理場に漂(ただよ)っている。

「お知らせかい」

「ちょっと河岸場までいくついでがあるから、どうしているかなと様子を見にきただけさ。今晩、高杉先生と一杯やりにくるからね」

「そうかい。なら、夜の献立に鴨(かも)とねぎの煮こみを作っておく。待ってるぜ」

子供のころの吉竹は、可一より二つ年上なのに臆病(おくびょう)で気の弱い泣き虫だった。

小柄で痩(や)せていて、いつも笑っているみたいな垂れた細い目をいっそう細くしてべそをかいていた悲しそうな顔を、可一はよく覚えている。

おっ母さんと二人でみかみを切り盛りしていたのが、三年前、そのおっ母さんが亡くなってちょっと心配したけれど、吉竹ひとりでみかみをちゃんと営んできた。

今では、すっかりみかみの亭主らしくなった。

可一は調理場と店土間の仕切り棚の間から、小あがりの床にかけた彦助に
「おはようございます」

と、会釈を送った。

月代の伸びた彦助は欠伸の途中で、可一に不機嫌そうな一瞥を寄越した。

無精髭が目に付いた。

「彦助さん、辛そうだね」

可一はさり気なく吉竹の耳元へささやいた。

「うん。夕べまた呑みすぎたんだろう」

吉竹は、ひじきの白あえを拵える手元から目をそらさぬまま、ささやきかえした。

「表の掃除を頼んでいるんだけど、腰が重くて」

「いつも、ああかい」

「まあね。仕方がない。性根がああいう人だから」

吉竹は彦助にそれ以上言えないでいる。

「それより今日さ、お八重さんの代わりの人がくることになっているんだ」

「そうか。人手が見つかってよかったじゃないか」

可一は、仕切り棚の間からまた彦助の様子をうかがった。

彦助は可一の視線から逃れるように、神田箒（かんだほうき）をつかんで表の油障子を開け放った。

そして、気持ちのこもらない緩慢（かんまん）な手付きで、表の掃（は）き掃除を始めた。

身体の割には頭の大きな彦助を、午前の光が黒い影に包んだ。

「掃除を、始めたよ」

可一がくすりと笑った。

「かっちゃんがきたから、気にしてるのさ。強がってるけど、案外気の小さい人なんだ。おれも同じだから、よくわかるのさ」

あれで彦助も、傍目（はため）を気にしているのだ。

「それでいいのかい。困っているなら……」

「いいんだ。おれがひまを出したら、ほかにいくところもないだろうし」

吉竹は、そうなったら可哀想じゃないか、という顔付きを可一へ寄越した。

彦助のことが気になって、どういう人がくるのか訊かず仕舞いにみかみを出た。

路地を抜けて浅草川の堤に佇んだ。

深い紺色の川面が朝の光をきらきらとはねかえし、川向こうの向島堤にも、満開の桜が薄紅色の帯を佩いている。

まだ人出は多くない刻限だけれど、花見客の小さな影がちらほらと往来している。

みかみの方へ振りかえると、もう表の掃除を終えたのか、彦助の姿はなかった。

大川橋の袂にある花川戸の船着場へ堤道をとった。

花びらが優雅にはらりはらりと散り始め、羽織の肩に模様を作った。

大川橋の橋板を鳴らす人々の足音が、忙しなげに聞こえてくる。

橋桁のこちら側に設営された船着場の板桟橋に、猪牙や押送船や艀などの川船に囲まれて啓次郎の三百俵積み平田船も繋留してあるのが見えていた。

啓次郎は船持ちの直船頭ではなく雇われ船頭で、花川戸と武州川越を結ぶ新河岸川舟運に就いている。

啓次郎が艫の楫柄をつかんで、船荷の積みこみを人足らに指図していた。

「そいつは胴間へ積みこめ。そうだ、一方に片よらねえようにな」

そら、よっ、そら、よっ……人足らのかけ声と板桟橋を踏む音が聞こえる。

人足らは堤の荷車から船へ、背中の軽籠に船荷の俵を担いで次々と運びこんでいく。

啓次郎は船子を二人使っているが、船子らは船荷の積みおろしはしない。

船荷の積みおろしは軽子と呼ばれる人足らの稼ぎ場なのである。

木組に板屋根と葦簀を廻らしたお休み処の小屋が河岸場の堤にかけられており、小屋の中では竈に薪が燃え、鉄瓶が薄い湯気を燻らせていた。

小屋の亭主の志ノ助さんは見えないけれど、千香と二人の船子が莚を敷いた縁台の賭場でさいころに興じていた。

千香が縁台の上にちょこんと座り、片膝を乗せて腰かけた船子の六平と向き合い、もうひとりの船子の常吉が壺振り役だった。

「張った張った」

常吉が、傍らの土間に膝を付いて中盆役も務めている。

「かっちゃん」

千香が小屋の前を通りかかった可一を目敏く見付けて笑いかけた。

「お千香、いい目が出ているかい」

可一は小屋をのぞいた。

「ほら、こんなに勝ったよ」

千香は小さな白い両掌（りょうてのひら）に白黒の碁石（ごいし）を集めて見せた。

「すごいな。お千香はさいころが強いんだね」

「まだあるよ。これ見て」

千香が母親の形見にいつも提げている縮緬（ちりめん）の手提げにも、碁石がうなっていた。

可一は驚いた顔を作った。

六平の膝の前にはわずかな碁石しか残っていない。

「ついてねえなあ」

と、わずかな碁石を掌へ乗せ弄（もてあそ）んだ。それから「半」と張った。

千香がおかしそうに、くく……と二つの拳（こぶし）で口元を覆った。

「ちょう」

千香は同じ色と数の碁石を張った。

「揃（そろ）いました。勝負」

壺振り役と中盆役を兼ねた常吉が言った。

「さんぴん（三一）の丁」

「だめだ。お千香にゃあ歯が立たねえ」

六平がへらへらと口元をゆるめ、空（から）の両手を振った。

「六平、幾（いく）ら貸してほしい？」

「そうだな。二分が十個に一分が二十個貸してくれ」

「待て待て。六平代われ。今度はおれがお千香と勝負だ。お千香、この前の負けを取りかえすぜ」

「いいよ」

お千香の笑顔が、葦簀（よしず）を透して差しこむ春の日を受けて輝いている。

常吉が六平を押し退けて縁台に付き、六平が壺振り役と中盆役になった。

黒の碁石が二分金で白が一分金の代わりだった。

その伝でいくと、六平も常吉もお千香にもう百両以上の借りがありそうだ。

「かっちゃん、父ちゃんなら船にいるよ」

千香が言った。

可一は頷き、

「わかってる。じゃ、またね」

と、小屋を出た。

船荷を積み終えた人足と荷車が、堤道を大川橋の方へ遠ざかっていた。

堤から河岸場へおり、板桟橋に下駄をかたんかたんと鳴らした。

穏やかな川波が杭を洗い、河岸場に舫う船がのどかにゆれている。

対岸の水辺に、白い小鷺の舞っているのが見えた。

煙管で差しながら船荷の数を数えていた啓次郎が、可一を見付けて煙管を振った。

「よう」

と、二人は互いに会釈を投げ合った。

啓次郎は三十歳。千香の父親である。

けいちゃん、かっちゃん、と呼び合う可一には兄貴分になる幼馴染でもある。

切れ長の二重に鼻筋の通った、船頭稼業で日に焼けていなければ色白の役者を思わせる優男だった。

実際、気の荒い男が多い船頭にしては気立てが優しく、若いころは町内の娘らにもずいぶん騒がれた。

博打(ばくち)好きが玉に瑕(きず)だった。けれど、五年前、恋女房の綱(つな)を流行病(はやりやまい)でなくして以来博打はぷっつりと断ち、船頭稼業に励みつつお千香を男手ひとつで育ててきた。

「用かい」

と、啓次郎が白い歯を見せた。

「急用じゃないんだけどね。今夜、出るのかい」

「ああ。また十日ほど留守にするよ」

啓次郎の平田船は新河岸川舟運の並船(なみぶね)で、花川戸と川越を一往復するのに七日から十日の日数がかかる。

啓次郎はまた荷物を数え始めた。

「富永(とみなが)の貞治(ていじ)さんの知り合いに、船頭になりたいって子がいるそうなんだ」

「下駄屋の貞治さんか」

「そうそう。先だっての店番の折りけいちゃんのところへ弟子入りできないだろうかって訊かれたのさ。一度、話しといてくれって」

「ふうん。その子は幾つだい」

啓次郎は数え終わったのか、煙管を咥え艫の間に置いていた煙草盆の火を点(つ)けた。

そうして艫の腰掛舟梁に腰かけ、煙を燻らせた。

「十三って言ってた。お店の小僧奉公より船頭が勇ましくって、どうしても船頭になりたいそうなんだ」

可一は裸足になって船の艫にあがり、腰の煙草入れから煙管を出した。刻みを詰め、煙草盆の火入れの火を点け唇をすぼめた。

川面へ、ふう、と煙を吹いた。

「おれも十一のとき親方に付いて修業を重ねたからね。けど船頭修業はお店の小僧奉公より辛えと思うぜ。明けても暮れても船の掃除、みんなの洗濯、飯炊き、少々の雨や風なら船の仕事は休めねえし、顔は日に焼けていつも真っ黒だ。親方に毎日どやされ、兄弟子は乱暴だし……」

啓次郎は煙管を咥えたまま、朝の日をきらきらとはねかえす川面を眺めた。

「試しに一度、川越まで船に乗ってみるのもいいかもしれねえな。船頭修業を始めるかどうかはそれから決めたらいい。おれも何度逃げだそうと思ったか知れやしねえ」

啓次郎は子供のころを思い出したみたいに、ふふ、と笑った。

「そういうのなら、おれはかまわねえよ」

「わかった。貞治さんにそう言っとく」

可一は腰掛舟梁に啓次郎と並んで腰かけ、川向こうの桜並木に漫然と見惚れた。

それからうっとりと言った。

「桜がそろそろ、散り始めたね」

「おれが川越から戻ってくるころは、隅田堤の桜は終わってるな。早えな。桜が終わればすぐ夏だ。お千香ももう六つになったし」

本当だ。早いな――可一は呟いた。

とそのとき、大川橋の方から橋板をからころと鳴らす下駄の音が聞こえて、可一は大川橋を、ふっと見あげた。

橋を渡る通りがかりは幾人もいて、下駄も草履も草鞋も様々な足音が交じっているのに、可一はなぜかその下駄の音に気をそそられた。

それは本所から浅草へ大川橋を渡る女の下駄の音だった。

女は艶やかな髪を島田に結い、草色の風呂敷包みをひとつ抱え、ほっそりとした姿に柿色の小袖が、朝の光に似合っていた。

二十歳を二つ三つはすぎた年増の、美しい女だった。

と言っても、なよなよと科を作った歩みではなく、身を粉にして働く女のしっかりとした足取りに思われた。

可一は顔だけを廻して、それとなく女の姿を追った。

女は大川橋を渡ると、花川戸町の堤道へ折れた。

からころと、桜のちらほらと散り始めた堤道に鳴る下駄の音が、新しい季節の訪れを告げているみたいだった。

「いい女だね。かっちゃん、顔見知りかい」

啓次郎が可一に倣って、堤をゆく女を追いながら訊いた。

「いや。知らない女だよ」

可一は応えた。

ただ、さっきみかみの吉竹が、「お八重さんの代わりの人がくることに……」と言った言葉を思い出していた。

お八重さんの代わりがあの女のような気がして、ならないからだった。

第一話　一膳飯屋の女

一

お袋がいなくなって、家の中がうんと寂しくなった。

二階の出格子の窓から浅草川（隅田川）の寛緩とした流れが見える。

ひとり暮らしが三年になり、少しは片付けなきゃあなと思いながら身の周りのことを構わなくなっていた。

今朝、吉竹は普段より早く起きて二階の二間の掃除を済ませた。

散らかった部屋にはたきをかけ、掃き掃除をした。

特に三畳間は念入りにやった。

掃除を済ませると、窓の敷居にかけ、このあたりでは宮戸川とも呼び慣れた浅草川に見惚れた。

天気のいい朝だった。

川は深い紺色に染まった水面に薄っすらと青みがかった日の光をちりばめ、まぶしく輝いている。

向島堤は、長堤十里、花の雲が北へ延びて朝の青空の下に霞んでいた。

満開の花がちらほらと散り始めていた。その花堤の中に、水戸家下屋敷の練塀や神社仏閣、高級料亭《平石家》の甍などがのぞいている。

浅草山谷と須崎村をつなぐ竹屋の渡しの渡し船が、川上に客を乗せて浮かんでいた。

ああ、綺麗だ。

吉竹は胸をゆさぶられた。

花川戸町で生まれ、二十九年も浅草川の桜並木を眺めてきたのだから珍しい景色ではないけれど、見飽きはしなかった。

空に厚く雲が垂れこめ風が吹くと、川は薄墨色に沈み、白波が立って邪険な装いに一変する。大雨の日は土色の濁流が逆巻き、無気味なうなり声さえあげる。

ただ、雨が川面を薄靄を敷いたように包む季節の風情は悪くはなかった。

家に閉じこめられ、誰も訪ねてこないとわかっていても、それでも川堤をやってくる誰かを待って静かな雨の景色を眺めているときは、寂しくとも悪くはなかった。

二階の出格子から浅草川を眺めていると、吉竹は、とき折りふとせつなくなる。

子供のときからそうだった。

なぜなんだろう——吉竹はとき折り考えた。

けれどある年ごろになったとき、考えてもわからないことに気付いて、吉竹はそれ以来、考えるのを止(や)めた。

一膳飯屋《みかみ》は、花川戸の船着場から川端を北に取って、二つ目の路地へ堤をくだるように折れた北角に、浅草川に面して縄暖簾(なわのれん)と《みかみ》と記した軒提灯(のきぢょうちん)を提(さ)げていた。

吉竹は一膳飯屋みかみの調理場に、十三の年から立ってきた。

包丁の使い方は、親父(おやじ)の手ほどきと見よう見真似(まね)で身に付けた。

親父は穏やかで無口な信濃(しなの)の男だった。

吉竹を大きな声で叱(しか)ったことも、手をあげたこともない。

椋鳥と揶揄される季節労働者で、若いころ、半季の奉公で江戸へ出てきて、そのまま故郷には戻らなかった。

商家の端女奉公だったお袋と懇ろになり、所帯を持って、夫婦して昼も夜も身を粉にして働き、表店とはいかないまでも、十五年目にしてやっとこの浅草川堤に一膳飯屋みかみを構えた。

信濃に親戚がいると聞いてはいたが、顔も知らない。

吉竹が生まれたとき、親父とお袋は四十に近い年だった。

調理場に立って十年がたち仕事に慣れたころ、無口だった親父が亡くなった。

吉竹はお袋と二人暮らしになって、みかみの調理場をひとりで切り盛りしなければならなくなった。

お袋は深川生まれの身寄りのない女で、吉竹に嫁のきてがないことをぐずぐずと心配していた。

二年後、そのお袋も親父の後を追って、家の中がうんと寂しくなった。

人の一生は、ゆく川の流れのように儚い。

子供のころ通った手習い師匠が、墨田堤を子供らを連れて歩きながら言った。

吉竹にその意味がおぼろげにもわかってきたのは、お袋がいなくなり、ひとり暮らしになってからだった。

ひとり暮らしで三年がたって、吉竹は二十九になった。

ひとり暮らしは苦にならなかった。

寂しいがしょうがなかった。

我慢するのには慣れていたし、深く考えるのは苦手だった。

一膳飯屋みかみは、土間に空の醬油樽へ長板を渡した卓を二台並べ、客は周囲に置いた醬油樽の腰かけにかけて吞み食いする。

壁際にも小あがりに茣蓙を敷いた席を設けてあり、十六、七人ほども客が入れば席が埋まる小さな店だった。

調理場には竈が二つ並び、広い調理台に流し場、水瓶、大皿小皿を重ね並べた食器棚、味噌醬油砂糖の壺、漬物樽、路地側に勝手口、奥隅に階段があり、階段の下で履物を脱いで狭く急な階段を二階へあがる。

二階は六畳と三畳の間取りになっていた。

花川戸町と中之郷を結ぶ大川橋（吾妻橋）、花川戸の船着場、対岸の本所向島が一望できるのは、六畳間の出格子窓からだ。

六畳間の簞笥の上に親父とお袋の位牌を祀って、毎朝欠かさず線香をあげている。

仏壇を備えるつもりが、店のやりくりにかまけてお袋の三回忌もすぎてしまった。

店は、昼間は朝着いた舟運の船頭や水手、船荷の積みおろしをする軽子、着いた物資を別の川船や艀で運ぶ船頭や川漁師らが飯を食いにきたし、船待ちの旅人も時どき客になった。

そして夜は花川戸町の表店の奉公人や手代らが酒を呑みにきたから、小店は小店なりに結構忙しかった。

お袋がいなくなって、東仲町より通うお八重さんを手伝いに雇っていた。

お八重さんは五十前後の働き者だったが、家に高齢の親を抱えていて、夜は帰らなければならなかった。

夜は吉竹ひとりで、てんてこ舞いだった。

半年前、彦助が店の手伝いにくるようになった。

隣の山之宿町の男で、吉竹より三つ年上の子供のころは界隈の悪餓鬼だった。

池之端の料理茶屋へ小僧奉公に入り、一流の包丁人の下で修業を積んだと、周囲には自慢げに吹聴していた。

だが料理茶屋を数年で辞めた後、奉公先を幾つか替え、二十代のころから真っ当に働きもせず、近ごろは下谷広小路の盛場で地廻りの使い走りのようなことをしているらしいと、吉竹は聞いていた。

池之端の料理茶屋も辞めたのではなく、店の金に手を付け、辞めさせられたという噂だった。

「よし、手伝ってやるぜ」

と、彦助は小柄な吉竹を見おろして、馴れ馴れしく言った。

「おれがきたからにはよしには楽をしてもらうぜ。おめえはこの店の亭主だ。あたふたせず、でんと構えてりゃあいいのさ」

彦助は吉竹が店の手伝いを探していると聞き付け、自分から押しかけてきた。

「こっちは一流の包丁人の下で長年修業を積んだ玄人よ。ここら辺のしけた客相手じゃあ腕の振るい甲斐もねえが、遠からず《八百善》か《なべ金》あたりからお声がかかるまで、ちょいと腕鳴らしの繋ぎにはころ合いだ。手間賃は一流の包丁人みたいなことは言わねえから安心しな。おれはよしを助けてやりたい一心なのさ」

と、彦助は続けた。

「ただよ、おれがこの程度の調理場にいることは、あんまり大っぴらにしねえでくれよな。幼馴染（おさななじみ）のためと言っても世間の評判ってえのがあってよ。おれぐらいになるとそこら辺のことも気を配らなきゃあ、ならねえんだ」

吉竹は断わりたかった。

隣町の彦助の顔と名は知ってはいても、幼馴染というわけではなかった。

強引な彦助にどういう断わり方をしたらいいのか、わからなかった。

それに、彦助に言いかえされると気が挫（くじ）けることはわかっていた。

しょうがない。まあいいさ。人手は必要なんだし……

そのちょいと腕鳴らしの繋ぎのはずが、半年がたっていた。

二

半月前、お八重さんが暇を取ることになった。

老いた親をともなって、郷里の高井戸（たかいど）に引っこむという話だった。

「あっしだっていい年ですし。自分の身の振り方も考えないといけやせんので」

このまま浅草にいても先が不安だと、お八重さんは心細げに言った。

お八重さんがみかみで働き始めて三年近くがたっていた。

「お袋が逝(い)っちまって途方にくれてたときにお八重さんが手伝ってくれて、助かりました。達者で暮らしてください。ほんの気持ちですが……」

吉竹は給金のほかに餞別(せんべつ)を渡した。

お八重さんは二つの紙包みを押しいただき、懐(ふところ)に仕舞(しま)った。それから、

「あの、旦那さん、気を悪くしないでくださいね」

と、言いにくそうに言葉を選んだ。

「彦助さんのこと、少し気を付けた方がよかありやせんか。証拠があってのことじゃないんですけど。でもあの人、売り上げにちょこちょこ手を付けていると思いやす。お客さんの評判もよくありやせんし」

吉竹は黙って頷(うなず)いた。

確かにこの半年、彦助が重荷になっていた。

客足が落ちたとは思えないのに、売り上げが毎月少しずつさがっていたし、仕入れの金額は以前よりあがっていた。

毎朝、日本橋の魚河岸から魚を仕入れてくる行商を彦助が勝手に代えていた。

彦助さん――と吉竹は呼ぶ。

「なぜ代えるんだい」

「よしよ。魚屋は活きのいい魚を見分ける魚屋を使わねえと一流の料亭じゃとても務まらねえんだ。値は少し張るがな、そこら辺はおれに任せときなって」

十三の年からみかみの調理場に立ってきて、親父の下で十年、ひとりになって六年、一流料亭の料理人ではないけれど、魚の活きがいいか悪いかぐらいは見分けが付く。

魚に違いはないのになぜ仕入れ値が高いんだ、とは訊けなかった。

また彦助は、断わりなしにたびたび店を休んだ。

何日も続いたりして、そんな夜は相変わらずひとりでてんてこ舞いだった。

「よし、済まなかったな。《金波》の旦那のお供でよ、江ノ島まで付き合わされてさ。あそこら辺の旦那衆のやることたあ、おれたちと程度が違うから参るぜ」

始まった——と吉竹は思った。

半年もたつと、八百善だろうとなべ金だろうと金波だろうと、彦助の埒もない自慢話が眉唾物だとは知れたことだった。

それと彦助は給金の前借りを重ねていた。

「ちょいと前借りを頼むぜ」

言われるままに貸した金が、半年で三両ほどにもなって吉竹は驚いた。

三両と言えば下男下女奉公の年給ほどである。

さんぴん侍は禄が三両一人扶持だからそう言う。

吉竹は帳面に付けた金額を見て溜息をついた。

給金から少しは引いたが、それでは間に合わなかった。

まあいい。手助けになってくれれば——吉竹は帳面を閉じながら、重い気も胸の底に閉じた。

まだあった。

彦助は包丁人の修業など、まともに積んでいなかった。

店土間と調理場を仕切る棚に、焼物、煮魚煮物、餡かけ類、漬物、酢の物、などの料理を大皿に盛って並べ、刺身を盛り付け飯を炊くのは、結局、吉竹の仕事だった。

と言って、水汲み洗い物、竈の火を見、ちろりの燗酒の番をする雑用もしなかったから、夕刻、お八重さんが引くと、それも吉竹がやらなければならなかった。

彦助は客の注文を聞き、小皿に盛って料理や酒を運び、酔客と富札や岡場所の女郎の噂話をだらだらと喋り散らし、そしてみかみの亭主みたいな顔をして客から勘定を取った。

時どき、勘定を間違え客から苦情が出た。

昼間は注文を聞くのも皿や膳を運ぶのもお八重さんの仕事だったので、彦助は店の隅でぼんやり佇み、勘定だけを取った。

「旦那さんは人がいいから、あの人、やりたいようにやってるんです」

お八重さんは言った。

彦助が吉竹をよしなどと馴れ馴れしく呼び付け、勝手に勘定を取るのをお八重さんが快く思っていないのは前からわかっていた。

「ありがとう。気を……付けるよ」

吉竹はぽつりと応えた。

彦助がいてもいなくても、忙しさはあまり変わらなかった。

むしろいない方が重荷が取れて清々するのかもしれなかった。

けれど、明日からこなくていいとは言えなかった。

そのうちいやになって、いなくなるだろう。

自分で自分がじれったい男だと、吉竹は思った。

　お八重さんが暇を取って十日以上がたってから、吉竹は山之宿町表通りの口入(くちいれ)屋関根六右衛門(せきねろくえもん)の店を訪ねた。

　顔見知りの番頭が澄ました顔付きを見せ、

「男ですか、女ですか」

と訊いた。

「どっちかっつったら、女の方が……」

「年は？」

「一日中働いてくれるなら、年は別に」

「六十すぎの婆(ばあ)さんでも？」

「もう少し、若い方が……」

「若い女、ですか。みかみさんとこなら、やっぱり、若い女がいいですよね」

　少しくだけた口調になった。

「住みこみはできますか」

「狭いのをちょっと辛抱してもらえば」

　吉竹は、子供のころの一時期、住みこみで雇われた男が二階の三畳間に寝起きしていたことを思い出して応えた。

「住みこみ可、と……容姿は？」

番頭は帳面に筆を走らせながら訊いた。

「ようし？」

「色白がいいか、黒いのがいいか。太ったの痩せたの、背は高いの小柄なの、そういうご要望はありませんか。もっともご要望が多くなれば難しくなりますがね」

澄まして言った。

吉竹は、ふと、気恥ずかしさを覚えた。

雇う女の容姿なんて考えもしなかった。

そんな要望を出せるのなら、器量のいい若い女がいいけれど……

「人並に働いてくれれば、それで十分です」

「容姿に特段の要望はなし、と」

給金の話が済むと、番頭が言った。

「明後日、もう一度きてください。それまでにみかみさんのご要望に添える奉公人を何人かあげておきましょう」

《関根屋》の番頭のあげた女は三人いた。

ひとりは二十代の女で、二人は三十代の所帯持ちの通いが望みだった。

所帯持ちの通いは、勤め方に難しいことを言われそうで気が進まなかった。

吉竹は二十三歳の柳という深川の女を選んだ。

「ただこのお柳さんは、住みこみが望みで、なるべく早く勤めたいそうですね。それとこちらの二人は元は商家の下女奉公ですが、お柳さんは深川の旅籠の端女だったようですよ。よろしいですか」

番頭はちょっと意味ありげに念を押した。

「端女でも前の勤め先が旅籠なら客商売だから、都合がいい」

吉竹は散らかった三畳間を片付けなきゃあなと考えた。

番頭はそれ以上のことは言わなかったし、吉竹も詳しくは訊かなかった。

「とにかく、一日でも早く人手がほしいので」

吉竹は自分に言い聞かせるように言った。

三

吉竹は窓の敷居を立って、階下へおりた。

調理場で夕べの残り飯をかきこみ、それから朝湯（あさゆ）へいった。

盲縞（めくらじま）の単（ひとえ）を着流して襷（たすき）をかけ、洗い晒（ざら）しの茶の前垂れに真新しい下駄（げた）を履いた。

いつも通り昼の支度にかかったが、気持ちが落ち着かなかった。

竈に火を入れ、飯炊きから始めた。

飯の炊けるいい匂いが漂う調理場でひじきの白和（しらあえ）を拵（こしら）えていると、彦助がだるそうに調理場の勝手口から入ってきた。

月代（さかやき）が伸び無精髭（ぶしょうひげ）もそのままで、しきりに欠伸（あくび）を繰りかえしていた。

「彦助さん、また呑みすぎですか」

彦助は目覚めの悪い気分をつくろおうともせず、生欠伸で応（こた）えただけだった。

「今日、新しく雇った女がきます。上手（うま）くやってくださいよ」

吉竹が言うと、「え？」と意外そうな顔付きになった。

吉竹はひじきの白和を拵えながら、黙って彦助に一瞥（いちべつ）を投げた。

「ようっす」

魚売りの一太郎（いちたろう）が勝手口の腰高障子を開けた。

彦助が勝手に代えた魚売りだった。

二人は盤台を挟んでかがみ、小声でやり取りしたり目配（めくば）せしたりし始める。

毎朝そんなふうだった。

「今日はいい鱸（すずき）が入えっておりやす」

「おお、いいね。置いていきな。それでよ……」

魚屋は鰯（いわし）と小振りな鱸を置いていった。

「どうだい。いいのが入ったろう」

彦助は料理をするわけでもないのに、鱸と笊（ざる）に入れた鰯を調理場に置いた。

そして吉竹に並び、顔色をうかがった。

「よしよ、女手が必要ならおれが探してきてやったんだぜ。お八重みたいな婆（ばば）あじゃなくて、若くて器量よしの女をさ」

鰯はいつもの煮魚に使い、鱸は刺身と焼物にしようと吉竹は考えた。

「で、どんな女なんだい。やっぱり婆あかい」

「年は二十三で、名前はお柳さんです」

「ふうん。こんな店にくるんだから、どうせろくでもねえ女なんだろうな」

「こんな店で、済みません」

「あ、いや、そういう意味じゃなくてよ」

今朝は、彦助の心ない言い方が苦にならなかった。

「彦助さん、表の掃除をお願いします」

吉竹は、首をすぼめ調理場から表店へ移る彦助の丸い背中を見送った。すぐ表の掃除にかかるのかと見ていたら、小あがりに腰かけまた欠伸をひとつした。

腰の重い人だ、と思ってひじきの白和作りに戻ったところへ、勝手口に自身番の可一が顔をのぞかせた。

「おはよう、よっちゃん。いるかい」

「よう、おはよう」

気心の知れた幼馴染の可一が現れると、ほっとさせられる。

「お知らせかい」

「ちょっと河岸場までいくついでがあるから、どうしているかなと様子を見にきただけさ。今晩、高杉先生と一杯やりにくるからね」

「そうかい。なら、夜の献立に鴨とねぎの煮こみを作っておく。待ってるぜ」

　吉竹は少し気が晴れた。

　吉竹がその女を認めたのは、五ツ半（午前九時）ごろだった。

　住みこみなら布団がいることを思い出し、六畳の押し入れのお袋の使っていた夜具を出して出格子の手すりへ日干しに架けていたときだった。

　女が浅草川の堤を、ひとりで歩いていた。

　大人しい柿色に小紋模様を抜いた小袖を、薄紅の丸帯できりりと締め、遠目にもほっそりと見える身体の胸元に小さな風呂敷包みを抱えていた。

　島田が幾ぶん傾いで、女の不安な心を映しているみたいだった。

　それでも、素足に黒塗りの下駄の速やかな運びが、川端に小気味よい響きを奏でていた。

　吉竹はなぜか障子の陰に身を隠し、堤道をやってくる女に眼差しを投げ続けた。

　朝の微光や散る花びらのそよぎが、女に戯れかかっているみたいだった。

吉竹は窓際を離れた。

階段をおりた。

だが階段の半ばに止まり、調理場と店土間を仕切る棚の間から風通しに一尺（約三〇センチ）ほど開けたままの腰高障子へ視線を向けた。

なぜそんなことをするのかわからないが、吉竹はそこから見ていた。

小あがりにかけた彦助と目が合い、彦助は生欠伸の途中、ああ？　という顔付きになった。

そのとき外で下駄が遠慮気味に鳴り、油障子に人影が差した。

「ごめんなさい」

柿色の小袖の前褄（つま）が、障子の間に見えた。

戸がゆっくり引かれ、素足に黒塗りの下駄が表戸の敷居を跨（また）いだ。

吉竹の胸が鳴った。

吉竹は女に合わせてゆっくりと階段をおり、調理場と店土間の出入り口に立った。

そこで初めて目が合った。

女が微笑（ほほえ）んだ。

頭をさげた。

「こちらは飯屋のみかみさんで、よろしゅうございましょうか」

やわらかく滑(なめ)らかな声だった。

「関根屋さんにご紹介いただき、深川よりまいりました柳と申します」

色白で少し寂しい感じのする目鼻立ちをしていた。

見る目によれば器量よしと言えるし、外で遇(あ)っても気付かずに通りすぎてしまいそうな目立たない器量とも言える、若い年増(としま)だった。

表情にやつれが見えるけれど……普通の女だ。

吉竹は、お柳の目立たない面差(おもざ)しに安堵(あんど)を覚えた。

「関根屋さんからうかがっています。お待ちしていました。亭主の吉竹です。こっちは店を手伝ってくれている彦助さんです」

「旦那さんでございますか。宜(よろ)しくお願いいたします」

お柳は改めて吉竹と隅の彦助に頭をさげた。

「関根屋さんの話ではなるべく早くとうかがいましたが、今日から働けますか」

「はい。そのつもりで、まいりました」

「住みこみが、お望みでしたね」

「お願いできれば」

「なら、お柳さんの使う部屋へ案内します」

お柳さん、と名前を口にし、吉竹は照れた。

吉竹がいきかけたとき、彦助が言った。

「お柳さん、これまではどこで働いていたんだい」

「深川の八幡(はちまん)さま裏の《洲崎屋》さんという旅籠で、仲居務めをしておりました」

「飯盛(めしも)りかい」

「いえ。洲崎屋さんは平(ひら)旅籠ですから」

彦助は薄笑いを浮かべた。

飯盛とは旅籠の抱える女郎(じょろう)のことで、平旅籠はそういう飯盛女を抱えていない普通の旅籠のことを言った。

彦助は脛毛(すねげ)の濃い足を組み、腰の煙草(たばこ)入れを取って鉈豆煙管(なたまめギセル)を咥(くわ)えた。

「なんでそこを辞めたんだい」

「ご主人夫婦が、旅籠を閉じて隠居をなさることになりましたもので」

「ふうん、深川の洲崎屋か。知らねえな」

まだ何か訊きたそうだったが、吉竹はお柳を促した。

「二階です」

古い階段は窮屈そうな音を立てた。

お袋が亡くなってから、吉竹以外にこの階段をのぼるのはお柳が初めてになる。

階段をのぼり、三畳間の襖（ふすま）を開けた。

六畳間との仕切りの襖が開いていて、六畳の窓から浅草川の明るい景色が見えた。

掃除をしていたときは思わなかったのに、お柳の白い素足が踏んだ畳の黄ばみがいやに目に付いた。

枕屏風（まくらびょうぶ）と有明行灯（ありあけあんどん）があって、西側の壁に明かり取りの小窓がある。

窓には板戸が立ててあった。

ゆっくり部屋を見廻しているお柳は、五尺四寸（約一六二センチ）の吉竹とほぼ同じ背丈だった。

「ちょいと狭いですが。こっちではわたしが寝ますので、それがまずいなら店の小あがりに布団を敷いて寝起きするのでも、かまいません。箪笥の下二段を空けますから、使ってください。それから布団は……」

吉竹は、六畳の簞笥と窓に干した布団を指差してお柳を見た。

不意に、お柳の冷めた目と合った。

逃げるように顔を六畳の窓へそらした。火照(ほて)りを覚えた。

本当は自分が店の床に寝ても構わなかった。

だがそんなことは、恥ずかしくて言えない。

「旦那さん、この雨戸を開けてよろしいですか」

お柳の冷めた目が、不満を表しているように吉竹には思えた。

「は、はい」

お柳は障子を開け、長い間閉め切って動かない戸を鳴らした。

吉竹が手伝うために戸へ手を伸ばしたはずみに、偶然、お柳の白い手と触れた。

二人は手を引き、顔を見合わせた。

吉竹は力をこめて板戸をざっと引いた。

ふっと、涼しい風が部屋に流れた。

胸に張り詰めていた支(つか)えが取れ、吉竹は溜息をついた。

するとお柳が笑みを浮かべ、明るい声で言った。

「これまでは日の差さない納戸に隙間を作って寝ていましたから、そこと較べたらここは極楽です」

四

お柳は昼どきから赤い襷も甲斐がいしく立ち働いた。

仲居勤めで客あしらいに慣れているのだろう。

関根屋の番頭は、端女と言っていたが。まあ、それはいい。

お柳はみかみが昼間出す料理品目をすぐに覚え、たちまち仕事に馴染んでいく様子が吉竹を安心させた。

腹を空かせた船着場の船頭や水手、川人足の注文を手際よく捌き、忙しい中にも客への対応や言葉使いが丁寧だったし、愛想のいい振る舞いと笑みを絶やさなかった。

わずかな手隙を見付けると、吉竹に並んで流し場に立って汚れた皿や碗を手早く洗い、吉竹が手に取りやすく重ね、水汲みに井戸へいき、竈の火に気を配り、寸暇（すんか）をおしむように下駄を鳴らして店へ戻っていく。

男たちのざわめきに交じって、

おいでなさいまし、ありがとうございました……

と、客を送り迎えするお柳の若い声が、店の中にも調理場にも、お八重さんがいたときとは何かしら違う華やかさを生み出した。

吉竹は、注文を調理場へ伝えるお柳の声が聞こえるたびに店の方へ顔を向け、お柳と眼差しを交わして頷き合えるのが嬉しかった。

昼と夜の間の短い休息のときも、お柳は素早く昼を済ませると臆せず階段をとんとんとん……とあがり、日干しした布団を取りこみ、井戸端で吉竹の身の周りの物まで洗濯して、井戸端と稲荷（いなり）の間の狭い物干し場に干した。

路地は昼さがりの一刻半（約三時間）ばかりだけ、忙しなげに日差しが通りすぎた。

「お柳さん、それはいいよ」

吉竹は遠慮したが、

「わたしの物を洗いますので、ついでですから……」

と、さり気ない口調で譲（ゆず）らなかった。

それから夜に出す料理の品書きを吉竹に確かめ、夜の支度や料理の下拵えにかかる吉竹の側で言われずともちろりや徳利を揃え、酒の準備に怠りなかった。

吉竹の側で立ち働く振る舞いが、長年そうしてきたかのように無理を感じさせず自然で、気が利いていた。

昼どきとは違い、夜の客は表店の小商人の奉公人や手代が多い。

お柳は客層に合わせてほどよい艶やかさで接し、乞われれば酌もするし、客の勧める猪口に紅を刷いた唇を付ける仕種も、呑み客のあしらい方を心得ていた。

そして彦助が店の隅に陣取って勘定だけをする役廻りに戸惑いつつ、勘定の額と勘定が済むごとに吉竹へ伝えたから、彦助は居心地が悪そうだった。

その日はたまたま、普段より客が多かった。

六ツには可一と手習い師匠の高杉先生が店にきた。

「かっちゃん、高杉先生、いらっしゃい」

吉竹は仕切りの棚の間から笑顔をのぞかせた。

「おいでなさいませ」

お柳が注文をうかがった。

「かっちゃん、この人が今日から働いてもらうお柳さんだ。お柳さん、こちらはね、町内の子供らの手習い師匠を務める高杉先生と、こっちはおれの幼馴染の今は自身番の書役をやっているかっちゃん。高杉先生は町内一の物知りで、かっちゃんは将来は読本の大作者になる人だよ」

お柳の顔色が、親しみのこもった笑みに輝いた。

「町内一の物知りと言われてもちょいと困るが、子供たちの手習いを指南しております高杉です。あなたのような美しい方がいると、むさ苦しい男ばかりの殺風景な店がぱっと明るくなりますな」

「可一と言います。今朝、大川橋を渡ってこられるのを船着場から見ていました。綺麗な方だなと思って。先生とちょくちょく呑みにきますので」

「柳と申します。今日から務めさせていただきます」

お柳は腰を深々と折った。

「かっちゃん、お柳さんは住みこみで務めてもらうので、二、三日中には家主さんへ届けを出すからね」

「じゃあこれからは、同じ町内の住人ということになりますね。どうぞよろしく」

「こちらこそ、お見知り置きをお願いいたします」

お柳は少し顔を赤らめ、また腰を折った。

吉竹は可一と高杉先生にお柳を引き合わせできて、なぜか嬉しかった。女房をもらったわけでもないのに、かっちゃんにも先生にもきっと気に入ってもらえた、そんな気がしたのだ。

普段なら店を閉める夜四ツ（午後十時頃）が近付くころには疲れを覚えるのが、その日はそれがまったくなかった。むしろ、自分の仕事に初めて味わう高揚を覚えたくらいだった。

お柳は五ツ（午後八時頃）前に、吉竹から提灯を借りて深川へ戻っていった。

翌朝改めて、洲崎屋に置いてあるわずかな荷物を持ってみかみへ移ってくる段取りになっていた。

五ツ半（午後九時頃）、可一と高杉先生が上機嫌で店を出た。

四ツ、竈の火を落とした。流しや調理場、汚れた土間の掃除を済ませ、それから表の縄暖簾と軒提灯を仕舞った。

彦助が湯呑で濁酒（どぶろく）を勝手にやっていた。

碗や皿を棚に整理していると、彦助が言った。

「あの女、使えるかい」

「よく働く女だと思いますよ。客の受けもよかった」

吉竹は彦助を見もせず言った。

「まだ猫をかぶっていやがるからな。けど、客扱いはだいぶ慣れている感じだった。こんなしけた店で続くのかね。明日はこねえかもよ」

吉竹は彦助の相手になっているのが不愉快だった。

「後はわたしが……」

彦助を追い立てるように引きあげさせ、戸締りを確かめ二階へあがった。

角行灯に灯を入れ、窓の障子を開けた。

暗い浅草川に弦月が差していた。吉原帰りか、猪牙の明かりがひとつ、川をくだっていた。寂しい櫓の軋みが聞こえていた。川風がそよと頬を撫でた。

まだ蚊帳はいらないな。

吉竹は三畳間の襖を開けた。

枕屏風の陰に夜具がきちんと畳んで重ねてあった。

有明行灯が真っ直ぐ並んでいて、お柳の几帳面な気性がうかがえた。

こんなしけた店で続くのか……

吉竹は布団に横たわっても長い間目が冴え、夜明け前、やっとうつらうつらした。

翌朝、階下の物音で目が覚めた。

浅葱(あさぎ)に紺縞の単に襷をかけたお柳が、竈に火を焚き、味噌汁を拵えていた。

お柳は薄桃色の頬に昨夜と同じ笑みを浮かべ、階段をおりる吉竹へ丁寧に頭をさげた。

「おはようございます。今日からお世話になります」

「こちらこそ、よろしく頼みます」

小あがりに小さな葛籠(つづら)がひとつ、置いてあった。

つましいお柳の暮らしが推(お)し量(はか)られた。

「旦那さん、味噌汁ができあがります。昨日の冷ご飯と残り物なんですけど、朝ご飯を召しあがりますか、それとも先に湯屋へいかれますか」

「腹がへった。湯屋は後にします。お柳さんも一緒に食いましょう」

店の茣蓙を敷いた床に向き合い、うちではこうしているああしているなどとかいつまんで話しながら、暖かい味噌汁にしゃきしゃきした白菜と蕪(かぶ)の漬物、冷や飯と昨日の残りの煮物で朝飯を済ませた。

吉竹は、朝飯をこんなに美味(うま)いと感じたのは初めてだった。

湯屋へいっている間にお柳は洗濯を済ませていて、物干し場に吉竹の帷子(かたびら)や下着を干し、表の掃き掃除も済ませていた。

身支度をし飯炊きから始まる調理場の仕事にかかると、お柳は客に出す茶の用意をし、漬物を刻み、大皿への盛り付け、小皿や碗、湯呑を重ね、箸立てを並べ、飯が炊きあがったら飯つぎの桶(おけ)へ移していく。

途中、彦助がいつものように生欠伸を繰りかえしつつ現れたが、開店の支度に立ち働くのは吉竹とお柳だけである。

お柳は昨日一日で、彦助のことは心得ているようだった。

やがて刻限(こくげん)と思えるころ、お柳は吉竹の間合いを計ったように、

「暖簾と提灯を出します」

と調理場へ声をかけ、

「おう」

とかえした声の意気がぴたりとはまって、なんとも言えず心地よい。

忙しい昼どきがすぎ客足が絶えてから、支度中の札を軒に提げ、彦助も入れて遅い昼飯を取る。

お柳はひと通りの片付けが終わった後の夜の支度が始まるまでの短い間に、湯屋へ出かけた。

彦助は小あがりにだらしなく寝そべり、鼾をかき始める。

その間に吉竹は、昼間の売り上げを調べた。

昨日よりだいぶあがっていた。

昨日の方が客入りは多かったと思うのに、妙だ。

飯桶に飯がほとんど残っていなかった。

いつもならどんなに客が多い日でも夜食分の飯ぐらいは残っているはずなのに。煮魚煮物も残り少ない。吉竹は首をひねった。

吉竹が感じていた以上に客が入っていたということだ。

調理場の明かり取りの格子窓より、井戸や稲荷、路地の先の表通りまで見通せる。

湯屋より戻ったお柳が、湯桶を抱え表通りを路地へ折れてきたのが見えた。

島田の濡れたおくれ髪が、薄桃色の首筋にかかっている。

どぶ板を踏む下駄の音が次第に高くなる。

お柳は、昨日浅草川の堤をやってきたのと同じ、どこか不安げな寂しい物思いにくれるかのような仕種で首をわずかに傾げていた。

吉竹は、なぜかお柳を可哀想に思った。

きっと、他人には見えない重たい荷を抱えてこの町へきたんだろう。

吉竹は辛くなった。

五

お柳の評判はみかみの客の間で上々だった。

船着場の船頭や水手、船人足たちはお柳の名を覚え、

「お柳さん、今日のお勧めは何だい」

と、店に長い彦助にではなく、お柳へ親しげな声をかけ始めた。

町内へちょっとした使いや、昼さがり、湯屋へいくため表通りに下駄を鳴らすとき、いき交う人と目が合うと浮かべるお柳のやわらかな会釈は、どこのご新造だったたっけと振りかえらせる年増の艶を醸していた。

表店でもみかみのお柳の名はすぐに知れ渡った。

知ってるよ。器量よしで愛想のいい子だろう。深川の女らしいよ。

と、町内のおかみさんたちの間でもささやかな噂話のたねになるのに、長いときはかからなかった。

よっちゃんの嫁に、あの子なら似合いなんだけどね。

よっちゃんも生真面目に仕事ひと筋であの年まできて、浮いた話のひとつもなかったから、いい子がきてよかったじゃないか。

けど、深川で飯盛をしてたって噂も聞いたよ。

え、飯盛かい。どこで聞いたんだい。よっちゃんは知ってるのかい。

誰が言い出したか、いいも悪いもひっくるめたお柳の評判をおかみさんたちは交わすけれど、吉竹の耳には届かない。

ただ、夜の呑み客はお柳を雇う前に較べ、間違いなく増えていた。

売り上げもあがったし、忙しくもなっていた。

一日が終わって彦助が引きあげ、片付けや戸締りを済ませて二階へあがるまでの短いひととき、お柳と差し向かいで床に腰を落ち着け、湯呑に冷酒を一杯か二杯、というのが吉竹のささやかな楽しみになった。

吉竹は一服の煙管を吹かしつつ、お柳にねぎらいの言葉をかけ、客の噂をしたり、その日の仕事を振りかえったり、新しい献立の工夫を相談したりする。

むろん、お柳の過去など詮索する気は毛頭なかった。

そんなことはどうでもいいのだ。

お柳の息吹きが、手を伸ばせば届くところに感じられるのが嬉しかった。

ほのかな白粉の匂いを嗅ぎ、笑顔の中に白い歯を見るのが、これまで味わったことのない甘いときを吉竹にもたらしていた。

ある夜、お柳は店と調理場の仕切り棚の壁に貼った古い品書きを見あげて言った。

「お品書きがだいぶ黄ばんでいるので、新しいのに替えていいですか」

「ああそうだね。おれは字が下手だし、これだけでよそに頼むのも面倒で、つい放ってきたんだよ」

「旦那さんがよければ、わたしが書いてみますので、見てください」

「そりゃあ、かまわないけど……」

翌朝、吉竹が目覚めて階下へおりたとき、店と調理場の仕切り棚の壁に、真新しい白紙に滑らかな美しい筆文字でしたためたお品書きが貼り付けてあった。

お柳が早く起きて早速、書きあげていた。

表の腰高障子の隙間から朝日が店土間に差し、真新しい白紙を冴えざえと映した。

たったそれだけで、店の中の佇(たたず)まいが違って見えた。

吉竹はお柳と笑みを交わしつつ、ふと、お柳の内面の一端を垣間見(かいまみ)た気がした。

吉竹にないものをお柳は持っている。

それが何かはわからないけれども……

またある夜、お柳は欠けたりひびの入っている皿や碗を取り替えたいと言った。

お袋がいたころは、お袋が気が付くと取り替えていた。

こんな店でも欠けた碗や皿をお客さんに出すのはみっともないからね、とお袋は気を配っていた。

ひとりが長くなって、そういうことにも無頓着(むとんちゃく)になっていた。

「湯屋の帰りに瀬戸物屋さんをのぞいて見付けたんです。安くていいのを」

「ならそれがいいんじゃないか。お柳さんに任せるよ」

「あの、旦那さん、一緒に見にいきませんか。お料理を盛り付けるのは旦那さんですし、旦那さんに気に入っていただかないと……」

一緒にと言われて吉竹は、つん、と胸が鳴った。夫婦でもないのに、若いお柳と表通りの人目の中へ出かけることを思うだけで、照れ臭さが先に立った。吉竹は、うんともすんとも返事ができなかった。

お柳が三畳間に寝起きし始めてから、吉竹はよく眠れなくなっていた。

襖一枚隔てて伝わるお柳のか細い気配が、吉竹の胸をゆらしていた。

行灯を消し布団に横たわって、吉竹は耳をふさぐ。

暗がりを流れるお柳の寝返りの衣擦れ（きぬず）の音や儚げな吐息に、吉竹は堪えた。

春の終わりの短い夜が吉竹をからかい、弄（もてあそ）び、眠りを妨げた。

そうしてお柳の静かな寝息が聞こえてくるころ、吉竹はやっと短い眠りに付くことができるのだった。

四月になって夏がきた。

薄曇りの昼さがり、吉竹とお柳は表通りの瀬戸物屋へ買物に出かけた。

二人で花川戸町の表通りをいきながら、浮き立つ気分と照れ臭さの綯（な）い交（ま）ぜを持て余しつつ、従うお柳の下駄の音が軽々といい気持ちだった。

表店の主人やおかみさんらと馴染の挨拶を交わした。

「こんにちは。お変わりなく」

「おや、よっちゃん、近くなのにご無沙汰だったね」

「貧乏暇なしです」

「儲からなくとも暇がないほど仕事があれば上等さ」

町内の表店の主人の中には、吉竹と同じに親の商いを継ぎ、女房をもらって子供のいる幼馴染が何人もいて、今ではみな一家の主やおかみさんに納まって町内にしっくりと溶けこんでいる。

瀬戸物屋まで、通りを一町（約一〇九メートル）もない距離である。

お柳が見付けた陶器は、黒色にうわぐすりの焼きをほどこした渋い光沢が温もりを伝える大小の皿と小鉢の揃いだった。

顔馴染の主人が吉竹とお柳に目配りし、

「これは野州の七井で偶然見付けた焼物でしてね。売り物ではなく、土地の者が暮らしに使う器や皿だったのを、気に入ったものですから無理を言って譲ってもらったんです。この焼物は今に名が知れ渡りますよ。観賞用ではなくて、毎日使って味わいの出る器です。みかみさんとこなら、是非使っていただきたいですね。揃いでお求めいただけるなら、お安くさせていただきます。はい」

と愛想よく勧め、吉竹は色合いは地味だけれど温もりのある皿と鉢の見映(みば)えがみかみに似合うと思った。

旦那さん、これはどうですか、あれもいいですね……

などと、お柳と陳列の品々をしばらく見て廻った後、結局、それを買い求めた。

夕方荷車で届けてもらうことにした帰り道、吉竹はお柳に言った。

「お柳さんのお陰でいい買物ができた。お礼がしたい。何か欲しい物はないかい。買ってあげよう」

「お礼だなんて。お金がかかったのは旦那さんですから」

「客商売なのに、お袋がいなくなって細かい気配りを忘れていた。お柳さんが言ってくれたお陰さ。だからそうしたいんだ。遠慮はいらない」

お柳は微笑んで古着屋の店先で足を止めた。

「それじゃあわたし、浴衣(ゆかた)を買ってもらっていいですか。湯屋の帰りに見て、欲しいのがあったんです」

さっぱりとした言い方が嬉しかった。

「浴衣か。いいね。じゃあ浴衣に合う下駄も買えばいい」

お柳の白い素足へ、ちらりと目を落として言った。

吉竹は履物屋で自分の下駄まで買っていた。

たったそれだけだったが、楽しくささやかな買物のひとときだった。

店に戻ると、留守を頼んだ彦助が打ちとけた二人の様子を、不服げに、なんとはなしにまぶしげに見ているのが、ちょっと得意だった。

出かける前は照れ臭いと躊躇っていた自分が滑稽だった。

馬鹿ばかしくて笑ってしまう。

自分の廻りが、そしておのれ自身が、少しずつ変わり始めている気がした。

六

その定服の同心は、年は四十そこそこ。五尺五寸（約一六五センチ）ほどの背丈の痩せた背中を丸め、獅子鼻に鼻毛が伸びたのもかまわないがさつな町方に見えた。

瞼の厚い一重の目が弱々しく垂れて、それがかえって無気味な風貌を作っていた。

壮漢の人相の険しい手先が二人ついていて、

「ちょいと御用だ。開けるぜ」

と、手先のひと声と同時に、たあん、と表の腰高障子を開けたのだった。

吉竹は昼の支度にかかり、彦助は小あがりで生欠伸を繰りかえし、お柳は物干し場で洗濯物を干していたときだった。

同心は店土間に雪駄を鳴らし、彦助へじろりと一瞥を投げ、

「おめえ、ここの亭主か」

と、少し舌足らずの口調で言った。

彦助は生欠伸の途中で固まり、首を左右に振るのが精一杯だった。

吉竹が調理場から出てきて腰を折った。

「お役目ご苦労さまでございます。わたくしが亭主の吉竹でございます」

二人の手先が吉竹を睨み付け、怯ませた。

「うむ。みかみの吉竹だな」

同心は店中をぐるりと見廻した。そして、

「この男は」

と、彦助へ髭剃り跡が青い顎をしゃくった。

彦助が顔を伏せ、肩をすぼめた。

「山之宿町の彦助でございます。わたしどもの使用人でございます」

「山之宿町の彦助か。おめえ、どっかで見かけたな」

同心が言うと、彦助は首をぶるぶると左右に震わせ、いっそう縮こまった。

「ふふん。まあいい。吉竹、使用人はこの男だけか」

「もうひとり、女を使っております」

「女？　どこにいる」

「裏で、洗濯物をしております」

おい――と、同心が言う前に手先のひとりが調理場から勝手口の戸を荒々しく開け放って、裏へ走り出た。

すぐにお柳と手先が調理場へ入ってきた。

お柳は少しも動揺を見せず、店土間の吉竹の隣へ並んだ。

「この女がそうか。若えな」

同心は首筋を解(ほぐ)すように肩をゆすった。

「名前と年は」

「柳と申します。二十三歳です」

同心が後ろの手先へ顔を向け、手先が黙って頷いた。

「国は」

「相模の厚木です」

「相模の厚木か。いつ江戸へ出てきた」

「十三のとき、奉公に出て……」

お柳の声が小さくなった。

同心は思案深げに顎を指先でさすった。

「おめえ、深川八幡裏の洲崎屋という旅籠に勤めてたな。仕事は飯炊きか」

「小さな旅籠でしたので、仲居として雇われましたけれど、ご飯を炊いたりお風呂の湯を沸かしたり、掃除も洗濯もしなければなりませんでした。でも、仲居の仕事もちゃんとしていました」

ふふ、ふふ……

同心と二人の手先が笑った。

「仲居か。おめえ、洲崎屋の客で清兵衛という男と親しかったそうだな。上州の男で綽名が杜若の清兵衛。知っているだろう」

「清兵衛という人は洲崎屋のお客さんにいましたので知ってはいます。お客さんのお世話をするのが仲居の仕事ですし、いろいろ用を言いつかりましたけれど、親しかったわけではありません。ですから清兵衛さんの綽名は、知りません」

「お柳、おめえの素性を詮索しにきたんじゃねえんだ。こっちは清兵衛に用があるだけなんだ。妙な隠し立てをするなら、おめえの素性まで調べなきゃあならねえ。事と次第によっちゃあ手荒い取り調べだってすることにもなる。わかるだろう。お上(かみ)に手間を取らせるんじゃねえぜ」

同心が顔を近付け、お柳は息がかかるのを避けるように横を向いた。

「清兵衛の居所を知っているんじゃねえか。ここ一、二ヵ月の間に、清兵衛がおめえのところへこっそり訪ねてこなかったかい」

「清兵衛さんが洲崎屋のお客さんだったのはもう三年以上前のことです。清兵衛さんが洲崎屋へ見えなくなってからは、どうされているかなんて知りませんし、何のためにわたしのところへ訪ねてくるのか、理由がありません」

お柳は落ち着いて応えた。

「隠してえやつらはみんなそう言うんだ。いいか。おめえと清兵衛の仲をどうこう言う気はねえ。おめえが洗い浚(ざら)い話してくれりゃあ、事(わけ)は簡単なんだ。あんな無宿渡世のならず者をかばい立てしてなんの得がある。その若え身空(みそら)で遠からず、ぼろぼろになっちまうだけだぜ」

「仰(おっしゃ)っている意味がよくわかりません。わたしは清兵衛さんのことで隠し立てもかばい立てもする理由がないんですから。第一、洗い浚い話したくても、三年も前のお客さんのことなんて、顔もはっきり思い出せないくらいです」

同心はじっとお柳を睨(にら)んだ。

手先らも、身動きひとつしなかった。

「……おめえ、女にしちゃあ腹が据わっているじゃねえか。ここでは住みこみで雇われているんだな。働き始めてどれくらいになる」

「ひと月と三、四日になります」

「亭主、その間に、この女を訪ねて誰かこなかったか。知人親戚、男女、年寄子供、誰でもいい。どうだ」

「いえ。どなたも訪ねてまいりません」

吉竹は身体を強張(こわば)らせた。

「おめえは」

同心は彦助にも言ったが、彦助はまた首を左右に震わせただけだった。

「ちぇ、いいだろう。お柳、今日のところはおめえの話を信用しよう。ただしだ。万が一清兵衛が訪ねてきたら、やつの居所をちゃんとつかんで御番所に必ず知らせるんだ。わかったな。おめえが知らせてくれりゃあお上からご褒美だって出る」

「はい。御番所のどなたさまに」

「おれか。おれは……」

「こちらは、南御番所定町廻り方の羽曳甚九郎の旦那だ」

後ろの手先が代わって言った。

「よし、いくぜ」

同心の丸い背中が、じゃらじゃらと雪駄を鳴らし店を出た。

従う手先らは、表の腰高障子を開けたまま堤を大川橋の方へ去っていく。

吉竹は堤道をいく同心と手先らを目で追いながら、表の障子を閉めた。

「何者なんだろう、清兵衛って男は」

吉竹はお柳へ向いた。お柳はそれには応えず、

「洗濯物が残っていますから」

と素っ気なく言い、急ぎ足で裏の井戸端へ戻っていった。すると、

「おれは、杜若の清兵衛を知っている」

と、彦助がぼそりと言った。

「深川で名の知られた博徒でよ。三年前、博打のもめ事が元で人を殺し、八州へ逃げたお尋ね者だ。けど、杜若の清兵衛が役人なんぞにつかまりっこねえのさ。この春、江戸へ舞い戻ったってえ噂を聞いていたが、あの噂は本当だったんだ」

杜若の清兵衛？——吉竹は訊きかえし、かすかな不安を胸の底に覚えた。


けれどもそれから、何事もなく日はすぎた。

お柳の笑顔や仕事振りに変わった様子は見えず、吉竹とお柳はみかみの仕事に精を出した。

店仕舞いした後の、お柳と差し向かいですごすささやかな楽しみの語らいのときも変わらなかった。

杜若の清兵衛のことは訊ねなかった。

お柳は南町の同心の執拗な問いに知らないと応えていたのだし、改めてそれを質してもいやな思いをさせるだけだと吉竹は気遣った。

そうして日がだんだん夏らしくなるにつれ、杜若の清兵衛のことを忘れた。

そんなある日——

朝湯から帰ってくるとお柳の素振りがどことなくぎこちなかった。

湯屋へいく前はそんなふうではなかったから、吉竹は訝しんだ。

彦助と何かあったのだろうか。

そう思ったのは、昼になっても彦助が姿を見せなかったためだった。

お八重さんがいたころ、夜の店は彦助の手を借りるしかなかったので彦助のいい加減な働き振りに苦労させられた。

けれどお柳がきて以来、調理場で忙しい吉竹の代わりに勘定役をする以外に仕事がなく、日がな一日みかみでぶらぶらしている暇な男、みかみで食わしてもらっている穀潰しみたいに傍から見られ始めていた。

さすがにこれでは拙いと思ったらしく、近ごろは断わりなく休むことがなかったのに、結局その日、彦助は終日現れなかった。

お柳の様子も、朝の開店の支度から忙しく一日立ち働いて夜四ツに店仕舞いするまでの間、心なしか沈んで見えた。

片付けを済ますと、お柳は黙って二階へあがってしまった。

吉竹はお柳の様子が気がかりでならなかった。

寝酒を湯呑に一杯呑んで二階へあがると、お柳は蚊遣りを焚き、まだ起きている気配(けはい)だった。

「お柳さん、どこか具合が悪いのかい」

間仕切りの襖越しに声をかけた。

「いえ……」

小さな声がかえってきた。

「ならいいんだ。彦助さんがこなかったね。お柳さん、何か聞いていないかい」

応えるまでに間があり、その間が、もしや何か……と思わせた。

「旦那さん」

「なんだい」

「お話ししたいので、そちらへいってていいですか」

「あ？　ああ、いいよ」

襖が開き、菖蒲(しょうぶ)模様の単に着替えたお柳が立っていた。

前襟を気遣いつつ座るとき、さらさらと乾いた涼しげな音がした。

川風がお柳の声と一緒にやわらかく流れた。

「彦助さん、今朝、見えたんです。旦那さんが湯屋へいかれた後……」

吉竹は煙管を咥えた。

「それでわたし、彦助さんと二人切りになったので、いい機会だと思って言っちゃったんです。旦那さんに黙っていられないから話しますよって」

吉竹は煙管に煙草盆の刻みを詰め、火を点けた。

「わたし、何度か見たんです。彦助さんがお店のお勘定をこっそり袖に入れているのを。旦那さんに話していいのかどうか迷っていたんです。彦助さんは旦那さんの昔からのお知り合いみたいだし。だけど、真面目に働いていらっしゃる旦那さんに黙っているのが申しわけなくて」

吉竹は二度煙管を吹かし、灰吹きに吸殻を落とした。

「それから魚屋の一太郎さんのこともです。小さな旅籠でしたけど、わたし、調理場にも立っていましたから魚の値段も少しわかるんです。一太郎さんから仕入れている魚がよそより高いって。前に一太郎さんに確かめたら、一太郎さん、困った顔をしていました。彦助さんは一太郎さんの仕入れ値の上前をはねているんです」

川風がお柳のほつれ毛を震わせていた。

「わたし、黙っているのが辛かった。それで今朝、彦助さんに言ったんです。そしたら彦助さん、真っ赤になって」

お柳はしょげていた。

「おまえに何がわかる、妙な口出しをしたら承知しねえぞと怒鳴って、わたしのことを泥棒猫だとかいろいろ喚き散らして、ぷいと出ていったんです。わたし、余計なことを言ってしまったんでしょうか。旦那さんは本当は全部ご存じで、事情があってわざとそうしていらっしゃったとか」

「事情なんて、ないよ。彦助さんには三両の前貸しをしているくらいさ」

「まあ」

お柳は驚いた。

彦助のことがこのままでいいわけはない。

お八重さんにも言われたのに、吉竹は人との面倒なかかわりに気付かない振りをし、考えないように振る舞ってきた。

彦助だけのことではなく、誰とでもそうだ。人ともめ事になると言葉が出なくなり胸がどきどきする。だから波風を立てないようにしてきた。

けど、面倒なことに直面し立ち向かってこそ、値打ちのある男じゃないのか。人を好きになるってことは、その人との面倒を抱えるってことじゃないのか。

「いやな思いをさせてしまって、済まない」

吉竹はやっとそれだけを言った。

だからどうするんだよ。じれったい男だ。

「済まないだなんて……旦那さんが何でもないのなら、それでいいんです。わたしこそ、つまらない波風を立てちゃったみたいで……」

「そうじゃない。お柳さんが言ってくれてありがたいと思っている。もっと前に彦助さんとは話を付けなきゃあいけなかった。わかっていたのに逃げてばかりいるから足元を見られて、いいようにされてしまうんだ。決心が付いた。もう逃げない。彦助さんにはちゃんと話すよ。お柳さん、これからもわたしを助けてくれるね」

「助けていただいたのはわたしです。でも、旦那さんにお話しできてほっとしました。胸のつかえがおりました」

七

その日以来、彦助はみかみに姿を見せなくなった。

今日こそは、と待っている決意がはぐらかされて、ちょっと腹立たしかった。

一方で彦助に気兼ねせず、お柳と店を切り盛りできる充実を吉竹は味わった。

お柳の声に耳を澄ませ、下駄の音を聞き、側を通るたびに心をざわめかせ、見たくなればいつでも見つめ、お柳の姿を確かめられた。

彦助がいなくなり、吉竹の抑えていた情がかえって激しく迸(ほとばし)った。

時どき、情があふれ出して仕事が手に付かなくさえなった。

そんなとき、吉竹は深く静かに息を吸ったり吐いたりし、存分にお柳への思いを味わってから、再び調理台へ向かうのだった。

十日がすぎた。

浅草川の水辺や堤の桜の木々で、蜻蛉(とんぼ)が舞っていた。

その昼さがり、吉竹は家主の仁左衛門(にざえもん)さんの家に店賃(たなちん)を届けにいった。

仁左衛門さんは恰幅(かっぷく)のいい身体に白髪交じりの髷(まげ)を乗せた六十年配の町(ちょう)役人で、吉竹を子供のころから、よし坊、と呼び、ひとり暮らしの吉竹に何かと気を配ってくれる数代続く花川戸っ子だった。

「まあ、おあがり」

と、吉竹は仁左衛門さんの座敷へ呼ばれ、浅草餅と冷えた麦茶を振る舞われた。

庭の松の木で松蟬が騒いでいた。

「よし坊、店はなかなか忙しいようだね」

「はい。夏場になってお客さんが少し増えまして」

「増えたか。よし坊は真面目だから、それが通じてお客さんも増えていくんだ。ところで彦助は近ごろ見えないね。ちゃんと働いているのかい」

「ここんとこ顔を見せません。連絡もなしで」

「しょうがない男だね。いい年をしてどこも勤まらなくて、仕事もせずぶらぶらとろくな男じゃない。よし坊のところで働き始めたときは、大丈夫かなと気になっていたんだ。こないならほっときゃあいいさ。じゃあ店はよし坊と雇いのお柳さんだったな、あの器量よしの、二人でつつがなくやっているのかい」

「お柳さんがよく働いてくれますので、助かっています」

「そうかい。そいつあよかった。お柳さんは道で遇うと可愛らしい笑顔で挨拶をくれてな。人柄もよさそうだし、近所の評判も悪くない」

「気立ての優しい人なんです。それと字が上手いんですよ」

吉竹はつい自慢げに言った。

「ほう、字がね。それは偉いな。よし坊はお柳さんをどう思っているんだい」

「どう、って？」

「いやさ、こないだうちのと話したんだが、よし坊もとっくに身を固めてもいい年ごろだ。あのお柳さんとならよし坊と似合いじゃないか、という話になってな。よし坊の気持ちを確かめてみようと、思っていたのさ」

吉竹は赤くなった。

「わたしなんかには、お柳さんはもったいなくて……」

「そんなことはあるもんか。よし坊はみかみの主人だ。もっと自分に自信を持っていいんだよ。お柳さんの生まれは厚木だってな。家は何をしている。親御さんは健在かい」

「親御さんのことは、何も訊いておりません」

「そういう話はまだしていないか。ふむふむ……」

仁左衛門さんは笑みを浮かべ、膝を打っていた。

「人にはいろいろ事情がある。中には辛い過去を抱えた者もいる。すぎた昔をあれこれ他人が詮索しても大して意味はない。肝心なのは今だ。今をどう生きるかだ。そうだろう」

吉竹はこくりと頷いた。

「よし坊にその気があるのなら、お柳さんとの話を進めてもいいと思うんだが、どうだい。よけりゃあ、喜んでわしらが中に入らせてもらうよ」
恥ずかしかったが、吉竹はまた小さく頷いた。

帰り道、吉竹は晴々とした気分だった。
それでいて胸が一杯で、熱くなった。
何も知らなくたっていい。お柳と夫婦になれるなら、それだけで十分だ。
吉竹は表通りの菓子屋へ寄り道し、お柳の土産に金つばを買った。
ほんのちょっとでもお柳の喜ぶ顔を見たかった。
通りから路地へ折れ、どぶ板を踏んだ。
路地を浅草川の堤へ出る北角の、みかみの調理場の裏手が見える。
竹格子の明かり窓の障子が開いていた。
窓から調理場にいる人影が見えた。
お柳かと思ったが、影は二つあった。
吉竹の足が止まった。
影はお柳と彦助だった。

ふと、尋常ではない様子がうかがえた。

そのとき吉竹は、なぜそんなことをしたのか自分でもわからなかった。

路地を駆けて、一瞬でも早く自分が戻ってきたことを知らせるべきだった。

なのに吉竹はそうしなかった。

二人に気付かれないように足音を忍ばせ、調理場の勝手口に近付いて耳をそばだてたのだった。

後ろめたさに身体が震えた。

そのとき、お柳の激しい言葉が吉竹の胸に刺さった。

「おまえがわたしの何を知っているのさ」

「だからよ、全部知ってるって言ってるだろうが」

彦助のすさんだ声が言いかえした。

「嘘付き。おまえなんか何も知らないくせに。いい加減なことを言い触らすと承知しないからね」

「承知しないだと。この泥棒猫が、だんだん正体を露わしてきやがったな。おめえが澄ました面しててよ、初心な吉竹は誑かしても、こっちはそうは問屋がおろさねえぜ。いいか、おめえのことは何もかもお見通しだ」

「お黙り。わたしゃあ誰も誑かしたことなんかない。おまえみたいなずるくて卑怯な男は初めてだ。店の売り上げをちょろまかし、魚屋の一太郎とつるんで仕入れの上前をはねて、わたしゃあ全部知ってんだ」

「それがどうした。知ってんなら番所に訴えてみやがれ。しょっ引かれるのはてめえだろう。男と見りゃあ盛りやがって、泥棒猫。てめえがな、深川にいられなくて浅草くんだりまでこそこそ逃げてきやがったのは調べが付いてらあ」

「破落戸。おまえみたいな破落戸の言うことなんか、痛くも痒くもないよ。わたしゃあ誰の世話にもならずひとりで生きてきたんだ。おまえなんか、人にたかることしかできないくずじゃないか」

「こきゃあがれ。てめえ、八幡裏の洲崎屋って言ったな。おれはこの目で見てきたんだぜ。平旅籠だと。洲崎屋は小汚ねえ女郎屋じゃねえか。洲崎屋のお柳と言やあ、八幡裏でも評判の女郎だったぜ」

「だからおまえは馬鹿だって言うのさ。洲崎屋がそうなるから、わたしゃあ辞めたんだ」

「ふん。口では誤魔化せてもてめえの汚れた体は誤魔化せねえぜ。てめえ、深川の前はどこにいた。霊巌島か、品川か、新宿か。あっちで飯盛、こっちで女郎、ごみ溜めみてえな盛場をほっつき歩いてきやがって。泥棒猫が。てめえ、人別もねえ宿なしだろう。初心な吉竹がてめえの正体を知ったら、腰抜かすぜ」

「そんなことをしたら許さない。絶対許さない。ろくでなし。嘘付き、嘘付き……人を弄ぶのが、そ、そんなに面白いのかい」

お柳の言葉が詰まり、嗚咽が聞こえた。

吉竹はお柳を憐れんだ。

桜並木の浅草川の堤を歩いてみかみへきたとき、人には見えぬ何かを背負っていたお柳の姿が痛ましい。

吉竹は怒りがこみあげた。誰に対してでもなく、物陰でお柳の嗚咽をこっそり聞いている臆病で愚かな己自身にだ。

吉竹は、彦助よりも酷い仕打ちで自分がお柳を痛め付けていると知った。

お柳を痛め付けた仕打ちは、吉竹の心をも引き裂いて、自分の心の闇に潜む人への蔑みや愚弄、暴虐、欺まん、残忍を暴き立てているのを知った。

お柳の嗚咽が続き、彦助がせせら笑っていた。

吉竹は勝手口の障子戸を、力をこめて開けた。

彦助のずんぐりした背中があり、お柳は調理場の土間にうずくまっていた。

前垂れで顔を覆って、肩が震えていた。

彦助が肩越しに吉竹を振りかえった。

「出てけっ」

吉竹は彦助を睨(にら)み付けた。

「二度とくるな。今度うちへきたら番所に訴えてやる。おまえが泥棒してたのはお八重さんも知っているんだぞ。お八重さんにも証人に立ってもらうからな」

彦助は顔を歪めて吉竹へにじり寄った。

単の身頃を払い、吉竹の前襟をつかんだ。

「下手(したて)に出てりゃあ調子に乗りやがって。おめえみたいなとんちきはよう、このぼろ家と一緒にいつでもひねり潰(つぶ)せるんだぜ」

「ぼ、ぼろ家で、け、結構だ。そのぼろ家から、金をくすねてたおまえはなんだ。ぼぼ、ぼろ以下だ」

「なんだと抜け作」

彦助は太い腕で、吉竹の襟を絞りあげた。

吉竹は呻(うめ)いた。

そのときお柳が、すっと立ちあがった。

調理台の出刃包丁を両手につかみ、身構えた。

お柳は青白い怒りに歯を食い縛り、低く言った。

「離せ。離さないと、刺すぞ」

「お、お柳さん、いけない」

吉竹の血が凍(こお)った。

「女と思って、見くびるな」

ふん……

彦助はせせら笑い、吉竹を突き放した。

吉竹は食器棚にぶつかり、皿や碗が土間に落ちて賑(にぎ)やかに割れた。

土産の金つばの包みを、ばさっと落とした。

「おめえには、ごみ溜めの女郎が似合ってらあ」

彦助は金つばの包みを足蹴(あしげ)にして、路地へ出た。それから、どぶ板を踏む雪駄のけたたましい音が遠ざかっていった。

吉竹とお柳は身動きひとつできなかった。

吉竹は言葉をかけることを躊躇(ためら)い、目を合わす勇気もなく、うな垂れ固まっていた。

辛いのはお柳だとわかっていても、お柳の激しく鉄火な振る舞いに怯んだ。細身のお柳の背中で燃える青い炎に、怯んでいた。

八

長い時間がたって、吉竹は重たい身体を動かした。

土間の割れた皿や碗、手土産の包みを片付け、いつもと変わらず夜の開店の支度にかかった。

するとお柳が二階からおりてきた。

泣きはらした目元を薄化粧で隠し、凄艶とした白い顔は物憂げだった。

それでも吉竹の傍らに立ち、黙って支度を手伝い始めた。

吉竹は言葉をかけられないもどかしさを、仕事に気持ちを集めてまぎらわした。

暮れ六ツ前、提灯に明かりをともし縄暖簾を提げた。

早速、その夜一番の客が暖簾をくぐり、物憂くとも萎れてはいられなかった。

続けて客が入ってきて、店の中はたちまち賑わいに包まれた。

お柳の客を迎える声と下駄の音が響き、吉竹は殊更に元気な声でかえした。

昼間の彦助のことなどなかったように、お柳は客の間を廻り、笑顔を絶やさず、普段のように明るく振る舞っていた。

吉竹とお柳は、調理場と店の間で何度も目配せを交わした。

もどかしさなど、いつしか霧散していた。

ただ今を一生懸命生きるだけだ。これが生きる道なのだ。

次々と料理を拵えながら、確信していた。

その夜、みかみは滅多にないほどの客の入りだった。

店仕舞いのときが延びた四ツ半（午後十一時頃）、提灯を消し暖簾を仕舞った後、心地よい疲労に吉竹は包まれた。

片付けを済ませ、お柳は二階へあがっていく。

お柳の薄い背中を目で追った。

井戸端で顔を洗い、身体の汗を拭った。

見あげる夜空に弦月が架かっている。

調理場へ戻り、湯呑に酒を満たしてひと息に呑み乾した。

戸締りと竈の火が落ちていることを確かめ、階段をのぼった。

古い階段が軋んだ。

ふと、家を建て替えることを考えた。

新しい門出を考えた。

六畳の開け放った窓から、冴えざえとした月と浅草川の銀色の川面が見えた。

行灯の火を灯さずとも部屋は薄明るく、その方が涼しい。

犬の遠吠えが聞こえた。

風通しに、三畳と六畳を仕切る二枚襖の両側が二、三寸ずつ開いていて、蚊遣りの香が燻り、暗い三畳の布団に横たわったお柳の、団扇をゆるゆると使っている気配がしていた。

「お柳さん」

三畳間の暗がりへ、自然に声をかけることができた。

「起きているかい」

間があった。

はい――と細い声がかえってきた。

「今日の飯はもう残っていないから、明日はわたしが飯を炊いて、朝の用意もするからね。少しゆっくりして、いいよ」

「はい」

吉竹は月光の下の浅草川を眺めた。

「今日はよく働いてくれた。疲れたろう」

「いえ……旦那さんこそ」

「お柳さん」

吉竹は月を見あげた。

「これからも、うちにいてくれるね」

お柳は応えなかった。

吉竹は、自分がどれほどお柳を必要としているか、伝えたかった。

胸は高鳴っていたけれども、自分でも不思議なくらい強くなれた。

「そっちへいって、いいかい」

長い沈黙があった。

吉竹はその長い沈黙が苦痛ではなかった。むしろそれが、こういうことの正しい手間だと思った。

長い沈黙を超えて、お柳の声がかえってきた。

はい……

そう聞こえただけかもしれなかった。
そう聞きたかっただけかもしれなかった。
けれどもう、そんなことは構わない。
吉竹は立ちあがり、束の間、お柳の気配をうかがった。
襖をそっと開けた。
ひそやかな暗闇へ、月夜の薄明かりが差した。
横たわるお柳の影が、滑らかな起伏を描いていた。
古い畳が鳴った。
吉竹は家を建て替えようと決めた。
自分の胸の鼓動が聞こえた。
滑らかな起伏に身体を添わせた。
さらさらした布団の心地よさが、吉竹を迎え入れた。お柳を背中から抱き留めた。
熱いけれども、溶けるようなやわらか味が吉竹の腕の中で息づいた。
お柳のうなじへ顔を寄せ、その匂いを陶然と嗅いだ。
お柳がゆっくりと寝がえり、吉竹に縋り付いた。

言葉はなく、ただひしと抱き締め、お柳の乱れた吐息を聞いた。

吉竹は掌に余る乳房が掌をはじきかえす滑らかさに触れながら、お柳のしっとりと濡れた唇を息が詰まるほど吸った。

それからも吉竹は、お柳がなぜこの町へきたのか、考えなかった。

今のお柳が愛(いとお)しい。この道をお柳とともに生きていきたい。自分とお柳の真新しい道が始まったのだ。それで全部だった。

吉竹はお柳が側にいる喜びを、ありのままに噛(か)み締めた。

朝目覚めて階段をおりていくときの、これまでに覚えたことのない満ち足りた思い。

お柳と二人で一日の仕事に精を出し、心地よい疲労とともにささやかな稼ぎを手にし、それで十分満足できる生き甲斐をつくづくと味わった。

お柳の笑顔も声も、自分に向ける眼差しも素振りも、その夜以来がらりと違って聞こえ、見え、感じられたのだった。

吉竹はお柳が手に触れる物、見る物の何もかもに命を感じた。

お柳が触れる箸や皿や碗に、竈にくべる薪(まき)や釜に、小あがりの床に壁に、暖簾や提灯に、ふっと寂しそうな眼差しを投げる浅草川にもだ。

ある意味で吉竹は、夢のような幸せな日々をすごし、その夢から覚めることを恐れるほど満たされた。そしてそれはまた別の意味で、この儚い人の世のいずれは眠りから覚める定めの、一夜の夢なのかもしれなかった。

九

下谷成就院門前の俗にお多福町と呼ばれる一画の煮売り屋の隅に、月代も剃らず無精髭の彦助が、久し振りにあり付いた一杯の冷酒に唇を湿らせていた。

　何もかもが腹立たしいが、何が腹立たしいのかそのひとつひとつを覚えているほどには頭の血の廻りはよくなかった。

　ただ、みかみの吉竹とお柳の二人だけはぐずぐずと覚えていて、飯を食っても酒を呑んでも、盛場の悪連中と馬鹿話に興じていても、みかみの二人をふっと思い出していまいましさが募るのだった。

　殊に、お柳には腹の虫がどうにも承知しなかった。

　この半年とそこら、餓鬼のころから泣き虫だった吉竹の面倒を見てきてやったのによう、あの女は色で誑かして吉竹をそそのかし、おれの親切を台無しにしやがった。

お陰で食うのにひと苦労だし、酒だって満足に呑めねえ。どこへいっても野良犬扱いしやがるし、あの女ととんちきな吉竹のせいで、とんだ当てはずれだ。

彦助は今、上野の女郎屋に雇われて女郎の見張り役をしているが、見張り役なんぞ女郎にさえ顎で使われて糞面白くもなかった。

彦助はぐい飲みにそそいだ冷を零さないようにちびりと舐めた。

ところが、後ろからどんと背中をどやされて、せっかくの酒がぽたぽたと膝へこぼれた。

「何しゃんでいっ」

ひと声怒鳴って振りかえると、南町の同心羽曳甚九郎と人相の険しい手先が二人、彦助のかけた長床几の側に立ってにたにたと笑っていた。

同心の垂れて潤んだ目が心底に秘めた剣呑さを垣間見せて、背筋が寒くなった。

「景気の悪い面ぁ、してやがるなあ」

同心は彦助を弄ぶみたいに言った。

彦助は長床几に畏まり、膝に手を揃え、

「こりゃあ、旦那、先だってはどうも」

と、ずんぐりとした肩をすぼめた。

周りの客らが定服の同心と手先の何やら御用らしい様子に、ひそひそとささやき声を交わしていた。

同心がじゃらりと店土間に雪駄を鳴らした。

「おめえ、彦助だったたな。みかみの勤めは辞めたのかい」

そう言って彦助の前に腰かけた。

二人の手先は彦助の後ろに立ったままだった。

「へえ。あんなしけた店、ろくな稼ぎになりやせんので」

彦助は酒がこぼれて濡れた膝を掌でこすった。

ふふ、ふふ……同心は隙間だらけの歯を見せて笑い、後ろの手先らへ、そういうことだってよ、と言うみたいに顎を振った。

「まあ、そうしとこう。ところでよ、彦助、ちぃと小遣い稼ぎをしてみねえか」

同心が顔を突き出して、声をひそめた。

肩を縮めた彦助が、同心を上目使いに見あげた。

「おめえ、ずいぶん評判の悪い男だな。そんなんじゃあ飯もろくに食えねえし、今にこの界隈にもいられなくなっちまうぜ。おれの手伝いをすりゃあ、今よりはもうちっと顔も利くようになるぜ。おめえがやるなら手間賃を出すし、働きによっちゃあこれからも使ってやってもいい。どうでえ」

「な、何をやりやすんで」

同心は彦助に息がかかるほど顔を近付けた。

そしていっそう声をひそめた。

「先だって、杜若の清兵衛という男の話をしたのは、覚えてるな」

彦助はこくりと頷いた。

「清兵衛がどういう男か、知っているかい」

へい、深川で……と彦助は杜若の清兵衛について耳にした噂を話した。

「ふむ。その清兵衛がな、八州から舞い戻ってきやがったのさ。危ねえのはわかっているのによ。何でだと思う？」

彦助は首をぶるぶると左右に震わせた。

「野郎、三年前、八州へずらかるとき江戸に残した女房を、連れにきやがったのさ。てめえの身より女房が恋しいってわけさ。だから清兵衛は女房がいるところに必ず姿を見せる。そいつをおめえが見張って、野郎が現れたら知らせてくれりゃあいいのさ。簡単だろう」

彦助は生唾を飲みこんだ。

「清兵衛の女房がどこにいるか、おめえ、わかるか？」

彦助はまた、こくりと頷いた。

十

その日は、朝から強い南風が吹き、とき折り、垂れこめた厚い雲から横殴りの雨がぱらぱらと降った。

浅草川は鉛色にうねり、花川戸の船着場の川船もその日は動かなかった。

堤道の木々の枝葉が風に煽られ、みかみの表戸はがたんがたんと震えていた。

しかしその日も、みかみは休まなかった。

舟運も強風のために運航を見合わせ、船頭や水手、川人足の客が少ないことはわかっているが、たとえわずかでも、みかみに昼飯を食いにくる客のために吉竹は店を開けた。

思った通り、仕事にあぶれた数名の川人足と旅の商人が飯を食いにきた後、客足は途絶えた。

店はひっそりと静まりかえり、南風のせいで蒸(む)すような暑気が澱(よど)んでいた。

風が路地を吹き抜け、からからとどこかで桶の転がる音がした。

吉竹は調理場からお柳に、今日は早仕舞いにしようと声をかけた。

「はあい」

店からお柳のいつもの明るい声が応えた。

吉竹は調理場を片付けながら、こんな日もお柳といられることが嬉しかった。

そうだ、家主の仁左衛門さんのところへご挨拶にうかがうとき、お柳に新しい着物を拵えてやろうと考えた。古着ではなく日本橋の呉服屋の新品をだ。

お柳の嬉しそうな顔が目に浮かぶ。

「よっちゃん、いるかい」

勝手口から可一が顔をのぞかせた。

「おう、かっちゃん、どうしたい。入れよ」

可一は路地にうなる風を避けるように、勝手口の戸をきっちりと閉めた。

自身番の菅笠(すげがさ)に、紙合羽(かみがっぱ)を羽織っている。

「ひどい風だね」

「こんな風の日に、どこへゆくんだい」

「風が強いので町内を見廻って、川の様子を見にきたらみかみが店をやっているみたいだから、ちょっとのぞいたのさ」

　可一の菅笠から雨の雫（しずく）が垂れていた。

「わずかでも、うちを当てにしてお客さんがくるかもしれないだろう。天気が悪いので店を休みます、じゃあ、そういうお客さんに申しわけないしね」

「偉いなあ」

「と言ってこの通り、閑古鳥（かんこどり）が鳴いているよ。もう店仕舞いさ」

　吉竹は流し場を藁（わら）の束でこすった。

「これから昼飯だ。かっちゃん、一緒に食っていけよ」

「これでも仕事中だよ。川の様子を見たら自身番へ戻らなきゃあ」

　かっちゃんも自身番の仕事がすっかり板に付いたね、と吉竹は笑った。そして、

「お柳、暖簾と提灯を仕舞ってくれるかい」

　と店へ声をかけた。

　お柳の返事がなかった。

ひゅうっ、と風が店の中を舞っていた。

お柳が表戸を開けたのだと思った。

「今度、お柳を連れて仁左衛門さんとこへご挨拶にうかがうつもりさ。お柳の人別のことなんかもあるしね。その折りはかっちゃんにも世話をかける……？」

ひゅううう……

「よっちゃん」

可一が、仕切り棚の間から店の方へ呆然（ぼうぜん）と顔を向けていた。

うん？――と吉竹は首を廻した。

お柳が戸を開けたのではなかった。

お柳は店の方を見つめ、仕切り棚の通り口のところにぼうっと佇んでいた。

ぼうっと。

吉竹は可一に並んで、仕切り棚の間から店土間をのぞいた。

お柳、と言いかけた言葉は言葉にならなかった。

ただ、風の音が耳の側でうなっていた。風の音以外、何も聞こえなかった。

店土間に三人の男が立っていた。

前に一人、後ろに二人。表戸が開いており、男たちの背後で浅草川堤の木が風にゆれていた。

後ろのひとりが腰高障子を静かに閉めた。

三人は菅笠に渋茶（しぶちゃ）の紙合羽をまとい、白い手甲脚半（てっこうきゃはん）に草鞋（わらじ）履きだった。

三人とも背が高く、笠から雨の雫が垂れていた。

前の男が菅笠の顎紐（あごひも）を解いた。

浅黒く長いごつごつした指が、男の逞（たくま）しい体躯（たいく）を偲（しの）ばせた。

菅笠を取った男の、精悍（せいかん）な面差しが現れた。

月代の青い剃り跡が、男の装いに瑞々（みずみず）しさを添えていた。

日焼けした顔にきりりと強い眼差しが、お柳を見据えていた。

濡れた紙合羽を脱ぎ、二つに畳んで笠と一緒に後ろの男に渡した。

年のころは二十五、六、紺の単（ひとえ）の裾を端折（はしょ）り、小倉縞の帯に道中差しを無雑作に差した拵えが、男の俠気（きょうき）を役者絵のように振りまいていた。

男に見据えられたお柳は、身動きひとつしなかった。

「お柳、探したぜ」

男の低い声が強く響いた。

「あんた……」

お柳が深い思いをこめて、男を呼んだ。

あんた……

そのひと言の中にお柳の一切合財が仕舞いこまれていた。

お柳の味わった苦しみと悲しみ、涙と屈辱、恨みと寂寥、それから一途に育み決して消え去ることのなかった思いが、仕舞いこまれていた。

そのひと言で吉竹は、一夜の夢から覚めたことを悟った。

お柳は吉竹を、あんた……とは呼ばない。

吉竹さん、お柳はそう呼ぶだけだ。

お柳が、あんた……と呼ぶ男は、吉竹の目の前に二本の逞しい足でゆるぎなく立ち、しっかりと前を見つめ、おのれの道を突き進むあのような男なのだ。

桜の花が散り始めたころのあの朝、船着場の方から不安げに島田をわずかに傾げて堤を歩いてきたお柳の姿が一瞬よぎった。

あの朝お柳は、お柳しか知らない苦悩と孤独を背負って、浅草川の堤を歩いてきたのだ。

男はきりりとした眼差しを、調理場の吉竹と可一へ向けた。

吉竹はすくんでいた。

無理だ。男が違う。吉竹は思った。

ぎりぎりの自分を試される、善悪を越えた渡世を生き抜いた凄みの彼方から、男はお柳を取り戻すために、やってきたのだ。

向こうに何があるのか、吉竹は知らない。

吉竹は男の何かを読み取ろうと一瞬考えた。

けれども、すぐに止めた。

考えてどうなる。読み取って、だからそれがなんだと言うのだ。第一おまえは、考えるのは苦手だったじゃないか。

男は可一ではなく吉竹にじっと眼差しをそそぎ、それから一片のけれんもなく目を落とし、腰を折った。

「こちらの、ご亭主とお見受けいたしやす」

低い強い声が、言葉少なに言った。

「わたくし、深川の清兵衛と申しますけちな男でございやす。ゆえあって三年前江戸を離れ、この春、江戸に戻ってめえりやした。ご亭主にはわが女房お柳が、一方ならずお世話になり、お礼の言葉もございやせん……」

それから男が続けた言葉を、吉竹は聞いていなかった。

吉竹はただ、耳の側を吹き荒(すさ)ぶ風の音を聞き、板葺(いたぶ)きの屋根をとき折りばたばたと叩(たた)く雨の音を聞き、堤の木々が風雨に打たれ騒ぎ、うねる浅草川の無気味な轟(とどろ)きを聞いていただけだった。

空桶が路地を転がり、戸ががたんがたんと鳴り、どこか遠くの町で打ち鳴らす半鐘の物狂おしい音を、聞いていただけだった。

一刻(いっとき)がすぎ、風と雨が止んだ。

空が明るくなった。軒から垂れる雫が水溜りに跳ね、息苦しいほどの湿った暑気が店の中を覆っていた。

吉竹は藁束で流し場をまだ磨いていた。

お柳が二階へあがってからずっとそうして、どんよりとした気配の立ちこめた調理場と店土間に、気だるく耳障りな音を散らしていた。

可一は仕切り棚の通り口に凭(もた)れ、吉竹の腕や肩が重たげに同じ調子でゆれているのを見つめているばかりだった。

吉竹にかける言葉が見つからなかった。

表戸は開いたままで、浅草川の堤と白い空が見えた。

「すっかり、やんだね」
可一は表戸から外を眺めやり、ようやく言った。
二階でお柳が身支度をしている物音がした。
可一は煤けた天井を見あげ、それから吉竹の背中へ目を流した。
吉竹の背中は黙って、一生懸命何かを堪えていた。
やがて、小さな葛籠を草色の風呂敷に包んで背負ったお柳が階段をおりてきた。
お柳は、みかみに初めてきたときと同じ柿色の小袖だった。
青ざめた顔にひと筋の紅が鮮やかだった。
調理場へおり立ち、吉竹に黙って頭を垂れた。
吉竹は藁束を動かす手を止めなかった。かける言葉はない。それだけだった。
お柳は勝手口から、ひっそりと路地へ出た。
可一は見すごせなかった。
お柳を追って路地へ出て、堤道にかたかた下駄を鳴らすお柳の背中に呼びかけた。
「お柳さん」

振りかえったお柳の目が、潤んでいた。

島田のおくれ毛が、ゆるやかな川風にゆれた。川面に小さな小波が立った。

「なぜなんですか」

空しい問いかけと知りつつ、可一は問わずにいられなかった。

お柳は可一へゆるやかな笑みと、頷きをくれた。

「吉竹さんに、伝えてください。短い間だけれど、本途に、本途に、生まれて初めて味わった幸せなときでした。わたしみたいな女が、こんなに幸せでいいのかしらと、恐いくらいの……夢を見ているような、毎日でした。このご恩は一生忘れません。そう伝えて」

「それなら、なぜ」

「清兵衛は、初めてわたしに優しくしてくれた男でした。夫婦になったのは十八のときです。あのとき、一生離れないって二人で固く言い交わしたのに」

お柳は辛い思いを飲みこむかのように、何かを飲みこんだ。

「なのに、あの人、人に手をかけて、わたしを捨てて逃げたんです。意気がってはいても、本当は心の弱い臆病な人なんです。三年も女房を放っておきながら、今さら亭主面して出てくるなんて。今さら、迎えにきたぜって。でも、わたしが支えてやらないと、だめなんです。そういう人なんです」

お柳は笑みのまま、涙をひと筋伝わらせた。

「吉竹さんは強い人です。ひとりでも生きていける、心の強い……」

そう言ってから、浅草川と空へ眼差しを投げた。

重たく湿った暑気が、川縁に垂れこめていた。

お柳は深く息を吸い、儚げに胸を震わせた。

そうして、堤に下駄の音を響かせ足早に遠ざかっていった。


吉竹は店土間の樽にかけ、冷酒をひとりで舐めていた。

「自身番の仕事が終わったら、呑みにくるよ。大丈夫かい」

可一は紙合羽を着け、自身番の菅笠をかぶって顎紐を結んだ。

「大丈夫さ。待ってるぜ」

「店は開けるのかい」

「お客さんが、くるからね。この一杯を呑んだら支度にかかる」

強いな――と心底思った。

可一は頷いた。

そのとき、表戸の腰高障子が勢いよく開いた。

町方同心の羽曳甚九郎が壮漢の手先をひとり従え、店土間に荒々しく入ってきた。

同時に、勝手口をもうひとりの手先が乱暴に開けた。

吉竹は冷酒の湯呑をゆっくり口元へ運んだ。

「亭主、杜若の清兵衛がこの店に現れやがったな。見たやつがいる。女房のお柳に会いにきたはずだ。清兵衛と女房のお柳は今どこにいる。まさか上か」

勝手口から入ってきた手先が、階段を鳴らして駆けあがった。

吉竹はおもむろに樽から腰をあげた。

同心へ穏やかな会釈を投げた。

手先が、どんどんどんと階段をおりてきて、

「旦那、二階には誰もおりやせん。ただ、こんなものが置いてありやした」

と、一枚の紙切れを同心に手渡した。

同心がそれを読み、ふん、と鼻先で笑った。

紙切れを長板（ながいた）の卓へふわりと捨てた。

「で、亭主、清兵衛と女房はどこだ。行き先を知っているだろう。杜若の清兵衛

はお上の重大なお尋ね者だ。包み隠さず言うんだぜ」

吉竹は紙切れを取り、書かれてあることを読んでから二つに折った。そして、

「こんな日でも、昼飯を食べに何人かのお客さんにきていただきました。ありがたいことでございます。ですが、そのお客さんの中に杜若の清兵衛という者がいたかどうかまでは、わたしどもにはわかりかねます」

「てめえ、妙な隠し立てをしやがると番所へしょっ引くぞ」

手先のひとりが凄んだ。

「いえ、隠し立てなど、いたしておりません。昼どきが終わって店を閉めてから、雇っていたお柳が、いきなり店を辞めると言い出しまして、わけも申さず、この書き置きにございます通り、ふっと引き払っていった、それだけでございます」

「清兵衛はこなかったってえのかい」

もうひとりの手先が怒鳴った。

「いえ。きたかこなかったか、わたしどもにはわかりかねると申しております」

同心は朱房（しゅぶさ）の付いた十手（じって）で黒羽織の肩を、ぽん、ぽん、と叩いた。

「それで、お柳がどこへ消えたか、知らねえってかい」

吉竹は小さく、しかし力強く頷いた。

「てめえ」と、手先が吉竹の肩を小突いた。

「止めとけ。お上に逆らえるほどの面じゃねえ。ところで、おめえは誰だ」

同心が可一へ向いた。

「町内の自身番に書役で雇われております可一と申します」

「自身番の書役が、何でここにいる」

「風がありましたもので町内の見廻りをしており、その途中たまたま立ち寄ったのでございます」

「ふうん、たまたまかい。おめえ、何か見てねえかい」

「何かと申しますと」

「だからよ、清兵衛とお柳が手に手を取ってどこへ消えやがったか、心当たりはねえかと訊いてるんだよ」

「存じません。よっちゃんが言いました通り、わたしはお柳さんがひとりで出ていくのを見ただけで……」

「よっちゃん？」

同心は吉竹と可一を交互に見較べ、口元を歪めた。

「くそ、あの女、どこへ消えやがった」

そう言うと、十手で肩を叩きながら、開け放った表戸から見える浅草川の堤をじっと睨んだのだった。

十一

吉竹さま
ゆるしてください
おたっしゃで
柳

お柳は、紙切れにしたためたその短い文と、二人で初めて買物をしたときに買ったあの浴衣を三畳間の黄ばんだ畳に残していた。

ほかにお柳が吉竹に残したものは、壁に貼った品書きと新しく買い揃えた皿や鉢、それと孤独だった。

お柳がいなくなり、浅草川は花川戸の船着場に近い一膳飯屋みかみは、以前のどこかむさ苦しい男所帯の、殺風景な飯酒処に戻った。

吉竹はまた、身の周りのことをかまわなくなった。

夏が闌(た)けて、夕刻になると蜩(ひぐらし)が、かなかなかな……と鳴き始めていた。

吉竹は田原(たわら)町の婆さんをひとり雇い、変わらずに店を切り盛りした。

お柳がいなくなったからではないだろうけれど、客の入りも以前に戻って、忙しいは忙しいなりに手伝いの婆さんひとりで、店はやれないことはなかった。

結局、春から夏にかけての一時期を勘定に入れなければ、吉竹の周りはこれまでと大して変わってはいなかった。

吉竹は夢から覚めた後の、気だるい虚(むな)しさの中で日々を送った。

ある昼さがり、彦助が勝手口の戸の隙間から顔をのぞかせた。

手伝いの婆さんが夜の刻限まで一旦家に帰った後の、皿や碗を棚に片付けていたときだった。

彦助は腰をかがめ、へ、と照れ臭そうに無精髯を生(は)やしたままの顔をゆるめた。

「何だい」

吉竹は片付けの手を止めた。

「よしが、どうしてるかと、心配でよ」

彦助は月代も剃らず、髷は乱れ、単の長着がひどく垢染みていた。

足元はちゃらちゃらと小うるさかった雪駄ではなく、道端で拾ったような破れ草履をつっかけていた。

暮らしに窮しているのは、その風体を見れば明らかだった。

「見ての通りさ。心配にはおよばない」

「そうかい。ならいいんだ」

彦助は戸の隙間から調理場をゆっくり見廻した。

彦助にかかわることは煩わしかったし、煩わしいことはもうご免だった。

なのに吉竹は、彦助が少し可哀想になった。

「飯は食っているのかい」

彦助はまた、照れ臭そうに顔を歪めた。

「残り物だけど、食っていくかい」

「そ、そうかい。すまねえな」

何も食っていなかったらしく、彦助は丼飯を三杯も貪り食った。

満腹すると、使った箸や碗を自分で洗い、しきりに頭をさげてこそこそと路地へ消えた。

それから二日おいた昼さがり、彦助は再び顔をのぞかせた。

ひどく顔色が悪かった。吉竹は黙って飯を食わせてやった。

そんなことが数回続いてから、彦助は姿を見せなくなった。

彦助とはそれきりだった。

彦助が盗人仲間に加わって町奉行所に捕縛（ほばく）され、小伝馬（こでんま）町の牢屋敷へ収監された噂を耳にしたのは、その年の暮れだ。

夏の天気のいい朝、表の板戸をはずしていたとき、吉竹はふと思い立ち、浅草川の堤を漫（そぞ）ろに歩いた。

紺色に染まった波間に、朝焼けが光の粒をまき散らしていた。

本所向島の桜並木は青色に繁（しげ）り、一艘（いっそう）の川舟が漕（こ）ぎのぼっていく。

花川戸の船着場には、はや漁を終えた漁師舟が数艘漕ぎ集まり、大川橋は朝焼けの川面へ絵模様のような橋脚（きょうきゃく）を渡していた。

あたりは向こう岸で鳴く水鳥の声のほかは、ひっそりとして寂しい。

二階の六畳間からほとんど毎朝眺めている光景なのに、なぜか違った景色に見えた。

なぜなんだろう。

それから吉竹は、店から目と鼻の先のこの浅草川堤に立ったのが、まだ親父とお袋がいたころだったことに気付いて、小さな驚きと懐かしみに心打たれた。

振りかえると、粗末な板葺き屋根に石を乗せ地主の宗右衛門（そうえもん）さんの土蔵と隣の朽ちかけた板塀（いたべい）に挟まれて、首を縮めた二階家が路地の角にずんぐりとうずくまっていた。

この家は昔のままだ。親父とお袋が元気に働いていて、吉竹が生まれ育った子供のころのままの……

長いときの風月にさらされ、古ぼけてしまったけれど、あの出格子窓にかけて手摺（てす）りに肘（ひじ）を乗せ、おれは明日も浅草川を見るだろう、と思った。

吉竹は一本の桜の幹に手を触れた。

幹は硬いざらざらした皮に覆われていて、掌をはじきかえした。

吉竹は幹に寄りかかり、川面へ向き直った。

そして、明後日も明々後日も、その次の日もそのまた次の日も、来月も来年も、十年後も二十年後も、この浅草川を眺めるのだろうと思った。

お柳の面影は薄れていた。

もう、ちゃんと顔も思い出せない。
なのに、胸の痛みは薄れなかった。
吉竹は、どうしてまだこんなに胸が痛いのか、わからなかった。
けどかまわねえ。わからなくてもかまやしねえ。
深く考えるのは、苦手だった。
昔からだ……

第二話　神の子

一

お千香は母ちゃんを覚えていない。

父ちゃんは浅草の花川戸と川越を結ぶ新河岸川舟運(しんがしがわしゅううん)の船頭で、父ちゃんの平田船(ひらたぶね)と花川戸の船着場が、物心付いてからのお千香の遊び場だった。

お千香には、赤ん坊のとき父ちゃんに負ぶわれて舟運の旅をした覚えが、今でも切れ切れに残っている。

お舵(かじ)の舵取り棒を握る父ちゃんの背中で、船が緑色と白い波を蹴立(けた)て川筋に描く波紋(はもん)や、明るい日差しの下で船を追いかけて堤を走り、手を振る子供らを見、声を聞いた覚えがお千香にはある。

船引き人足ののっけたちが、船に付けた綱を引いて岸堤を歩み、父ちゃんの船がどこまでもどこまでも川をさかのぼっていく眠くなるような光景……。

櫓を漕ぐ音や船子の小縁をひたひたと踏む音が聞こえ、船の近くで魚がぽちゃりとはねる音に吃驚し、川面に聞こえる風のささやきや鳥のさえずり、両岸に繁る木々のざわめき、川筋のどこかの河岸場で犬のけたたましく吠える声が聞こえていた。

またあるときは、父ちゃんの盛りあがった肩の向こうに白い帆がばさばさと風を孕んで、船荷を一杯積んだ船がぎりぎりと喘ぎながら川を大きく曲がっていく勇壮な光景が、目をつぶれば浮かんでくる。

それから、夕刻、空が昼間の残光に染まるころ、舳に燃えるかがり火が暗い川面を金色に焦がしつつ、花川戸の船着場を離れていく船出の模様も覚えている。

父ちゃんの舵取り棒が軋り、小縁では船子らが、

よおおお……

と、力一杯に棹を使って、船の周りを川鳥が鳴きながら飛び廻る。

それから夜の帳がおり、すべての音が消えた川筋を船が眠たげに進んでいくとき、船子の誰かが棹を使いながら川越夜船の船頭唄を唄っていた。

　九十九曲がりゃあ仇では越せぬ　通い船路の三十里
　千住橋戸は錨か綱か　上り下りの舟止める
　七つ八つから手習いしたが　はの字忘れていろばかり

　父ちゃんの大きな暖かい背中にくるまり、お千香はそれを子守唄にして、深い深い眠りに落ちたものだった。

　だんだん大きくなって船の中を歩き廻れるようになると、その船頭唄を船の居住処の世事で聞くようになった。

　夏の暑い夜は世事の低い天井の人の出入りする上げ板はいつも開いていて、そこから満天の星空とお月さんが見えた。

　お千香は世事の小さな布団にくるまり、天井からのぞく綺麗なお月さんやお星さんを見ながら意味も知らず、はの字忘れていろばかり、とよく口ずさんだことも、今は何もかもが空覚えだけれど忘れてはいない。

　なのに、お千香は母ちゃんを覚えてはいなかった。

　父ちゃんはお千香が母ちゃんに「よおく似ている」と言った。

「目がそっくりだ。綺麗な、優しい母ちゃんだったさ」

お千香は川面に映る自分の顔を見て、母ちゃんの顔を思い出そうとした。

近ごろお千香の見る夢に、知らないおばさんが出てくる。

そのおばさんが出てきたとき、いつも悲しくなって目が覚めた。

おばさんは時どき夢に出てきたが、目が覚めたときはどんな顔をしていたのか忘れてしまった。

それだけの夢だった。

ただ、母ちゃんを思い出せなくても、お千香は寂しくはなかった。

大好きな父ちゃんがいるし、物心付いたときから母ちゃんはいなかったのだし……

四歳の秋から、お千香は父ちゃんと旅をしなくなった。

父ちゃんの船が花川戸と川越の舟運に就いている間は、父ちゃんと住む人情小路に近い裏店の五郎治(ごろうじ)さんとお滝(たき)さんの家主夫婦に、お千香は預けられた。

五郎治さんとお滝さん夫婦は、子供が大きくなって外神田(そとかんだ)に別の所帯を構え二人暮らしになっていたから、

「うちでお千香を預かるよ。子連れでは船頭稼業は大変だろう」

と、申し入れてくれたのだ。

父ちゃんはお千香の身をいろいろ案じた末に陸の暮らしをさせた方がいいと思ったらしく、五郎治さんとお滝さんの申し入れをありがたく受けたのだった。

お千香は父ちゃんに言い聞かされ、少し悲しくてむずかった。

けれどお千香は聞き分けのいい子だった。

それに五郎治さんとお滝さんは、お千香を可愛がってくれる優しいおじさんとおばさんだったから、悲しくても我慢した。

五郎治さんとお滝さんはとても信心深い夫婦で、浅草近辺のお寺の縁日にはお千香の手を引いて必ず拝みに出かけた。

隣町の浅草の観音さまには一日も欠かさずお参りし、近くは上野の寛永寺や湯島天神、神田明神、遠くになると雑司ヶ谷の鬼子母神参り、猪牙に乗って芝の神明、愛宕神社、また増上寺にも参詣した。

神仏を拝む意味はまだ理解できなかった。

ただ、参拝者のあふれるお寺や神社の賑わいに幼い好奇心をそそられた。

何よりも境内に並ぶ物売り小屋を見て歩き、買物をし、参道の茶屋に入って甘い団子や美味しいお昼を食べたりするのは、楽しくてわくわくするひとときだった。

また父ちゃんと船の旅をしなくなってから、町内の子供らとも仲良しになり、遊び友達も大勢できた。

お千香は、五郎治さんとお滝さんに預けられる暮らしにすぐ馴染(なじ)んだ。

しかしそれでも、お千香の一番馴染ある遊び場は花川戸の船着場だった。

船着場には新河岸川を航行する川越平田や荒川(あらかわ)の航路をゆく上州平田が、朝夕発着していた。

船着場から武州へは、酒、砂糖、塩、海魚、茶、陶器に器、茣蓙(ござ)などを運び、武州からの船には、米のほかに大麦小麦、大豆、小豆、さつま芋(いも)、薪(まき)、炭、秩父(ちちぶ)で採れる杉皮木材などの荷を船着場へ運んでくる。

殊(こと)に、武州の村々へ運ぶほしかや油粕(あぶらかす)などの肥料を船に積みこむときは、船着場一帯に臭気が満ち、臭いに誘われた白鷺(しらさぎ)や川鳥が飛び廻り、肥料の山を啄(ついば)みにきた。

お千香は、父ちゃんの背中に負ぶわれて船の旅をしていたときから嗅(か)ぎ慣れた臭いだったから、それをいやだと思ったことはなかった。

また舟運には旅人を運ぶ早船があり、早船が発着する刻限の船着場は、武州へいく人、江戸へくる人らでいつも活気にあふれ、川堤に《お休処》の幟（のぼり）がはためく志ノ助さんの営む茶店も、船待ち客で混雑した。

一回の旅で父ちゃんは七日か八日、長いときで十日くらい留守にする。

急ぎの荷を頼まれ、急船みたいに三、四日で花川戸と川越を往復することもあるけれど、それは季節に一度あるかないかの希（まれ）な旅だった。

しとしとと雨の降る日は家にいて、小さな庭のねむの木ややまももの葉に雨の落ちる音をじっと聞いていた。

けれど天気がいい日は、お千香はいつも昼前ごろ船着場へ遊びにいった。

川越の河岸場を前日夕刻に出航した船が、夜を徹して新河岸川をくだり、外川に合流した荒川下流の隅田川を航行し、浅草あたりでは浅草川と呼ばれる吾妻橋袂（たもと）の花川戸の船着場へ着くのが、翌日の昼前だった。

船荷を一杯積んだ船が帆柱（ほばしら）を畳んで、紺色の川面にゆるやかな波を立てつつ桟橋へとだんだん近付く様子を眺めているのは、まるで大きな大きな魚が泳いでくるみたいで、お千香の胸はときめいた。

そしてまた新しい荷物を一杯に積みこんで船出するとき、お千香は堤の上から両手を振って見送り、船が川上にぽつんと小さくなり千住河岸の方へ曲がって見えなくなるまで見送り続けるのだった。

船着場の光景を眺めているのに飽きたら、浅草川の堤道に佇んで、はの字忘れていろばかり、と繰りかえし口ずさんだり、際限なく続く物思いに耽ったり、ときには、志ノ助さんの茶店を手伝いながら、志ノ助さんと町内の噂話に花を咲かせたりもする。

そんなお千香は、花川戸の船着場に集まる船頭たちの間では評判の童女だった。

船出の折り、堤の上に佇んだ童女が小さな身体を背伸びして、手を天にかざし見送るその余りに無垢で清らかな姿が、船頭らに特別な思いを抱かせるらしかった。

花川戸のお千香、と船頭や船子らは呼んでいた。

「あのめんごい子はどこの子だ」

「おめえ知らねえのか。花川戸のお千香だ」

「ああ、あれが花川戸のお千香か」

「川越平田の啓次郎さんのひとりっ子で、啓次郎さんが負ぶって旅をしてた。今は、啓次郎さんが旅に出てる間は家主さんところに預けられているそうだ」

「そうそう。船着場でいつもひとりで遊んでる。船が出るときは、ああやって見送ってくれるんだ」

「魂消たな。博打好きの啓次郎さんが、おっかあを無くしてから好きな博打をぷっつりと断って、よちよち歩きもできねえ赤ん坊を負ぶって船頭稼業に励んでたのは覚えているが、あの赤ん坊が、ちょっと見ねえ間にえれえめんごい子に育ったでねえか」

「おっかあが評判の美人だったでな」

「不思議だな。船出のときにお千香に見送られると、わけもなくほのぼのするでよ」

「お千香は、花川戸のお千香だで。ははは……」

船着場の船頭や船子らがそんな噂をし、船頭らの中には船から堤の上のお千香に旅の無事を祈って柏手を打つ者もいたことなども、むろん、お千香は知らない。

お千香は船着場にひとりでいてもまったく退屈しなかった。

ちっとも寂しくなかった。

船着場に集まる船はどれも父ちゃんの仲間の船に見え、無性に親しみが湧いた。

お千香が船着場にいれば、父ちゃんの船が必ず川の向こうから戻ってくるのはわかっていた。

なぜなら船着場は、同じ川の流れのどこかで父ちゃんと繋(つな)がっていて、いつきても父ちゃんを確かに思い出すことのできる場所だったからだ。

二

父ちゃんの平田船の船主は材木町に表店を構える船問屋の《武州屋(ぶしゅうや)》さんで、花川戸と川越の舟運は武州屋さんが取り仕切っている。

武州屋さんの受ける荷によって、父ちゃんの船はひと就航が終わるとすぐに新しい荷を積みこんで半日も休む間もなく次の船出をする都合もあれば、荷物が揃(そろ)うまで船出を何日か待つころ合いもある。

十八歳の常吉と十六歳の六平は父ちゃんに弟子入りしている船子で、まだ船頭修業の身だが、船が出ないときは修業の身でも割合のんびりとすごすことができた。

そんな折り、常吉と六平が船の世事や川堤の志ノ助さんの茶店でしばしば丁半博打に興じていた。

と言っても、武州屋さんが船客を乗せるときもあるので手慰み(てなぐさ)にと古い囲碁道具を世事に置いていたのを、常吉が、

「これが駒札替りだ」

と、那智黒(なちぐろ)の黒石と蛤(はまぐり)の白石を使って始めた遊技みたいな丁半博打だった。

お千香に丁半博打を教えたのは、その常吉と六平だった。

ある日、お千香が船着場の父ちゃんの船へいくと、父ちゃんは武州屋さんへ次の船荷の談合に出かけており、常吉と六平が舳の板子に胡座(あぐら)をかいて差し向かい、「張った張った」「丁」「半」などと言い合いながら、妙なさいころあそびに熱中していた。

常吉と六平のさいころ遊びを傍らで見ていたお千香は、初めは何をやっているのかわからなかった。

常吉と六平は、二個のさいころを底の深い目籠(めかご)に紙を貼って柿渋を引いた壺(つぼ)に入れてばらばらぽんと置き、そのたびに「丁」「半」と言い合って幾つかずつ差し出した白黒の碁石を取ったり取られたりと、ただ同じことを単調に繰りかえし

ていた。

同じでないのは壺を振る役が時どき代わることと、碁石を取る側がくるくると変わることだった。

お千香はまだ手習い所にも通っていなかったが、一、二、三……の数の数え方は知っていた。

誰に習ったのでもなく、父ちゃんに負ぶわれて船旅をしていたころ、父ちゃんがひいふうみいよおいつむうなあ……と船荷を数えていたのを背中で繰りかえし聞いていて、たぶんお千香も気付かぬ間に数の仕組を呑みこんでいたのに違いなかった。

そう言えばお千香は、自分の足で船の中を動き廻れるようになると、俵が幾つ、薪の束が幾つ、叺(かます)が幾つ、全部を合わせると……などと父ちゃんの後ろを追いかけつつ口真似をし、勘定していた覚えがある。

今では、船着場の平田船が今日は幾つ、艀船(はしけ)が幾つ……と何とはなしに数えているが、その気になれば百まで数え、百から先は、百がひとつと幾つ、百が二つと幾つ、というふうに千、万と、気が遠くなるまで数えることができた。

そのさいころ遊びを傍らで見ているうちに、壺を開いて二個のさいころの出た目を合わせた数に丁の数と半の数があり、丁の数が出たら丁の勝ち、半の数が出たら半の勝ちとなる決まりがわかってきた。

常吉と六平が丁側と半側に分かれ、どちらかが壺振り役になり、さいころを壺に入れてばらばらぽんと置くたびに壺振り役が「張った張った」と決まり文句を言う。

丁側と半側が同じ数の碁石を張って、丁半勝った方が相手の碁石を取るのだ。

さいころには一から六までしか数はない。

お千香は幾つの数が丁になり、半になるかはすぐに覚えた。

但し、丁側は丁にしか張れないし、半側は半にしか張れないようだ。

お千香は、ちょっとどきどきしながら常吉と六平の勝負を見守っていた。

と言うのも、そのときお千香は、壺の中のさいころが、かちかち、かさかさ、ころりころん、ぽそぽそ、ぼそり、ことこと、かつん、こつん、からから、ころころ……と転がるほんのかすかな音の違いを聞き分けていた。

そして、転がるかすかな音の違いによって、出る数が違っているのだ。

その音に耳を澄ませば、壺の中のさいころが壺を開けずとも丁の数か半の数か、お千香には見ているようにわかってきた。

ただ、お千香にとってそれは特別なことではなかった。

お千香は、物心付いたときから、がっそうの髪に隠れた大きな耳に聞こえるどんな音でも、音の違いを聞き分けることのできる子だった。

人の話し声、泣き声や笑い声はもちろんのこと、振り売りの売り声、夜廻りの声と拍子木(ひょうしぎ)の音、路地を歩く人の足音、犬が吠え猫が鳴き鳥がさえずり、庭の木々に降る雨、ささやくような風の声、木々のざわめき、草むらを這(は)う虫……

浅草川が低くうなって流れ、船着場の波がぴちゃぴちゃとはね、船縁(ふなべり)がごとんごとんと触れ、ときには風雨が荒れ狂い、ときには遠くの空に雷鳴が無気味に轟(とどろ)き、そして夜の闇に時の鐘が響き渡る……

それらのあらゆる音が、高く低く、強く弱く、音色と調子が自在に異なり変化してお千香の耳には聞こえていた。

ひとつとして、同じ音をお千香は聞いたことがなかった。

それはまるで、耳に届くすべての音に話しかけられているみたいだった。

お千香は、自分に話しかけるそれらの声を聞いているのがとても楽しかった。

その声に耳を傾けていれば退屈しなかったし、ひとりぼっちでも寂しくなかった。

ただお千香は、みんなそうだと思っていた。

常吉と六平にも、さいころの音が違って聞こえていると思っていた。

お千香は常吉と六平が、ぽんと置いた壺を睨んで「丁だ、丁」「半こい、半こい」と言い合っているのが不思議だった。

次は丁なのに、今度は半なのに……と、教えてやりたかった。

常吉がぽんと壺を置いて、壺の中でさいころの転がるかすかな音が聞こえ、

「張った張った」

と、常吉が決まり文句を言い、「半」と六平が碁石を張った。

「丁」

常吉が同じ数の碁石を張った。そこで、

「半だよ」

と、お千香が傍らで言った。

勝負っ――と壺を開く。

「ぐに（五二）の半」

常吉が応え、ふうむ、とうなった。

「次も半こい、半こい」

六平が調子を付けて言った。

「入ります」

常吉がばらばらぽんと壺を置いて、「張った張った」と繰りかえす。

常吉と六平の「丁」「半」の声の後、お千香はまた「今度も半」と続けた。

「勝負。しそう（四三）の半」

常吉がおかしそうにお千香を見て、六平へ碁石を差し出した。

次の勝負、ばらばらぽんと壺を置かれたとき、

「これは丁」

と、真っ先に言ったのはお千香だった。

常吉と六平がお千香を見つめた。

お千香は、うふふ……と笑った。

「丁だ。六平、受けろ」

常吉が面白がって碁石を大きく張った。

「当たりめえよ。その上に……」

六平も調子に乗り、互いに碁石をさらに増やした。

「揃いました。勝負っ」

常吉が壺を開いて、へえ？　と感心した顔付きになった。

「ぴんぞろ（一一）の丁」

常吉と六平は、お千香を見つめた。

お千香は得意げに頷いた。

「お千香、おめえもやってみるか」

常吉が戯れに言い、「うん、やる」と応えたのが始まりだった。

常吉は黒と白の碁石を十個ずつお千香に持たせ、

「黒が二分金で白が一分金だ。ええな。おめえは丁だから丁しか張れねえ。わかってるか。全部なくなったらおめえの負けだ。負けたら大損だぞ」

と常吉は、真剣な顔を作って威かした。

「ふふ……面白そう」

お千香は二分金や一分金を見たことはないけれど、ちょっとわくわくした。

常吉が壺振り役をやり、お千香が丁方、六平が半方で勝負になった。

「お千香、負けてべそかくでねえぞ」

六平がにやにやして言った。

本物の賭場では、多数の客の張子が丁側半側に分かれて勝負を競い、そのとき双方の張った額を咄嗟に勘定して、額が同じになるまで中盆が「丁ないか丁ないか」、あるいは「半ないか半ないか」と少ない側に張り増しを促す。

張り増しの声が出なければ、胴元が張り増して額を揃える場合もある。

胴元はひと勝負ごとに勝った額の四分か五分のてら銭を取る。

その勘定も中盆の役目で、それらをもたもたしているような《盆くら》では中盆は務まらないのだ。

「いくつ張っても、いいの」

お千香が訊くと、

「かまわねえよ。どんときな」

と、六平はお千香を軽くもんでやるつもりで応えた。

「入ります」

常吉が言い、ばらばらぽんと壺を置いた。

「半」

「ふふ……これは丁だよ」

お千香と六平の勝負は、常吉が十度もさいころを振らぬ間にあっけなく着いた。

六平の碁石が、お千香に全部持っていかれたためだった。

六平はなぜそうなったのかがよくわからず、

「お千香、おめえついてるなあ」

と、呆れて言った。

「だらしねえぞ、六平。こんな童にひねられてよう。代われ。おめえがさいころ振れ。おれが取り戻してやらあ。お千香、おれと勝負だ」

だが、そう意気ごんだ常吉も長くはもたなかった。

常吉の碁石は、いつの間にやらお千香の前に集まっていた。

「大方、初手はつくもんさ」

常吉と六平は苦笑いを浮かべ、「もう一遍だ。今度は本気だぞ」と碁石を初めから分け合って勝負を再開した。

さらに三度目は、常吉と六平が組んでお千香ひとりと丁半張り合った。

けれど、二度目も、二人が組んだ三度目もお千香の相手にならなかった。

壺を開く前に丁半の音を聞き分け張ったのだから、二人が束になってもお千香に敵うはずはなかった。

丁側のお千香が張った碁石を半側の二人に取られたら、壺の中で丁の音がしたときにそれまでに取られた分の倍の数にして碁石を張り増して勝負を続けていけば、それを受ける二人の碁石を全部取ってしまうのは自明である。

どうなってるんだ、と常吉が首を傾げ、六平は目をぱちくりさせたが、お千香には簡単な理屈だった。

その日は父ちゃんが武州屋さんより戻ってくるまで丁半繰りかえし、二人を散々に負かした。

翌日、お千香が船着場へ遊びにいくと、常吉と六平は、昨日、六歳のお千香に手もなく負かされたのがよほど悔しかったと見え、

「お千香、やろう。今日は昨日みたいにはいかねえぜ」

と、壺を振る仕種をして持ちかけた。

「ふふ、いいよ」

お千香は躊躇いなく応えた。

父ちゃんはその日も武州屋さんへ、次の船荷の談合に出かけていた。

三人はまた艀の板子に胡座をかき、壺を囲んで丁半張り合った。

当然、勝負は昨日と同じ決着を繰りかえすばかりだった。

お千香に駆け引きなどないから、ここぞというところで怒濤のごとく張り増し

てくる。常吉と六平はお千香の度胸にたじたじになってしまう。

常吉と六平は、おのれらが六歳のお千香に負け続けていることに合点(がてん)がいかなかった。

「くそ、もう一遍」

と、二人は鼻息を荒らげて何度もお千香に挑んだが、たちまち勝負が着いてしまう。

お千香はお千香で、常吉と六平が呆れているのを見るのは愉快だったが、あまりに簡単すぎて張り合いがないくらいだった。

次の日の夕刻、父ちゃんの船は川越へ船出した。

お千香は五郎治さんとお滝さん夫婦にいつものように預けられ、船着場でまたひとりで遊ぶ日が続いた。

父ちゃんの船が川越から戻ってきたのは、七日がたった昼前だった。

常吉と六平が、

「お千香、待ち遠しかったぜ」

と、例の壺を振る仕種をして挑んできた。

お千香は快く相手になってやった。

それから常吉と六平は暇を見付けてはお千香を誘い、そして何度やってもお千香は二人を負かした。

お千香は不思議だった。常吉と六平が同じことを繰りかえしているのを、馬鹿だなと思った。わっちのようにすればいいのに、と思っていた。

同じことを続けているうちに、お千香は初めはわざと勝たないようにして二人に花を持たせ、自分の碁石がなくなりかけてから勝負をひっくりかえしたりした。

そうすると二人が熱くなっていっそう向きになるのが、おかしかった。

だが、二人が本当に悔しがったので少し可哀想（かわいそう）になったお千香は、一度、わざと負けてやった。

常吉と六平はお千香がわざと負けたことに全く気付かず、お千香の碁石を初めて全部取ったとき、「やったぜえ」と、歓声をあげたほどだった。

お千香は、常吉と六平の喜ぶ顔を見ているのが嬉しかった。

二人の純朴さが可愛いとさえ思った。

それからは、時どき、わざと負けてやる面白さを覚えた。そうしたら、三人で興じるこのさいころ遊びがとても楽しいのだ。

春先のある日の昼さがり、川堤の志ノ助さんのお休み処の縁台を借りて、常吉と六平相手に丁半張り合っているところへ、自身番の可一が父ちゃんに用があってき合わせた。

かっちゃん——と、お千香は縁台から可一に呼びかけた。

可一は紅屋の《入倉屋》さんの次男坊で、今は自身番の書役をやっている。

「お千香、けいちゃんはいるかい」

と、子供のころみたいにけいちゃんと呼ぶ父ちゃんの幼馴染だ。

「親方は武州屋さんの寄合へ呼ばれて、材木町のお店へ出かけやした」

常吉が代わって応えた。

「武州屋さんへか。長くかかるのかい」

「出かけたばっかりでやすから。急ぎの用でやすか」

「いや。じゃあ出直すかな」

言いながら、可一は茶店に入ってきた。そして、

「これは丁半だね」

と、縁台の傍らに立ち、三人の勝負をのぞきこんだ。

「ふふ……わっちは強いんだよ。かっちゃん、これ見て」

お千香は膝の前の黒白の碁石をざらざらとかき集めて見せた。

常吉と六平の前には碁石がわずかしかない。

「黒が二分でね、白が一分なの。常吉と六平にはもう百両以上貸しなんだよ」

うふふ……とお千香は小さな掌を口に当てて笑いを抑えた。

「へえ。お千香はそんなに強いのかい」

「強いって言うか、お千香はちびのくせに妙に勝負勘と度胸がよくって。やられてばっかりでさあ」

常吉が苦笑いを浮かべた。

「常吉と六平がわからず屋なんだ。さいころの音を聞けばわかるのに。丁か半か」

「音、でか?」

常吉は壺へさいころを投げ入れ、耳の側でばらばらと振った。

六平も耳を近付けた。

「早く置いてごらんよ」

お千香が大人びた口調で言った。

ばらばらぽん、と常吉が壺を縁台へ置くのをお千香は小首を傾げて見つめた。

「丁」、「丁」、と二人は残りわずかな碁石を全部張った。

「かっちゃん、さいころの音、聞こえた？」

「え？」

「これはね、しっち（四一）の半さ」

お千香が二人と同じ数の碁石を張った。

勝負っ——常吉が壺を開いた。

お千香が可一を見あげて笑った。

さいころは四と一の目を空へ向けていた。

三

お千香を家主の五郎治さんとお滝さん夫婦に預けるようになって、啓次郎は浅草川の堤に桜が二度咲くのを見た。

二度目の桜が咲いた後、夏がきた。

お天気のはっきりしない日が続いてから、青空に日がじりじりと照り付ける夏の盛りになって、浅草川の川堤にも油蟬がけたたましく鳴いていた。

六月下旬、五郎治さんとお滝さん夫婦が大山詣の初山に出かけることになった。

相州大山石尊大権現まで江戸から十八里（約七二キロ）、二日がかりの行程を白い行衣の扮装で、南無帰命頂礼さんげさんげ……と唱えつつ詣でるのである。

五郎治さんとお滝さんは、ゆとりを持って、三日がかりで出かける。

お千香を連れていく話もあったけれど、六歳のお千香にはまだ無理である。

いい具合に啓次郎が次の舟運に就くのは六月末に決まっていて、それまでには十分戻ってこられる日取りだった。

五郎治さんとお滝さんは、

「お土産を買ってくるからね。楽しみに待っておいで」

と、啓次郎と見送ったお千香にそう言い、朝もまだ暗いうちに旅立っていった。

船問屋の武州屋さんが、川越藩松平家より江戸蔵元へ藩ご用米二百俵を荷送する急ぎの仕事を受けたのは、その翌日だった。

「松平さまのご用命で先方の蔵元がだいぶ急いでいるらしいんだ。うちも今月末の荷送の段取りは崩せないから、どんなにかかっても、明々後日の昼までには戻ってもらわねば困るんだがね」

と、武州屋の旦那さんが啓次郎に言った。

「米俵は仙波河岸(せんばがし)の《谷屋(たにや)》さんの蔵にもう届いているころだから、積みこみに問題はないはずだ。ちょいと忙しいが、啓次郎、頼めるかい」

任せてくだせえ——と啓次郎は応えた。

「今日夕刻に船出すりゃあ、明日昼前に仙波河岸に着きやす。米俵を積みこんで夕方まで休んで船を出しても、明後日の朝には戻ってこれやしょう」

それで、急遽(きゅうきょ)、船を出すことが決まったのである。

すると武州屋の旦那さんは、

「それとな、往(い)きの船のついでに、ご城下宮(みや)ノ下(した)の安藤(あんどう)家へ届けるご婚礼衣裳(いしょう)と調度(ちょうど)を乗せていってもらいたいのだ」

と、付け足した。

「安藤さまのお嬢さまのご婚儀が八月に決まっておって、婚礼衣裳や調度を江戸の問屋さんでお誂(あつら)えになられたそうだ。荷物は長持(ながもち)や唐櫃(からびつ)や屏風箱(びょうぶばこ)、黒棚(くろだな)、貝桶(かいおけ)

などだが、仙波河岸に安藤さまのご家来衆が受け取りに待機している手筈だから、ご家来衆に渡しさえすれば大して手間のかかる仕事じゃない」

「承知しやした」

と、気安く引き受けたものの、これは多少気疲れのする仕事だった。武家の婚礼衣裳や調度を少しでも汚したり小さな瑕でも付けたりしたら大事だ。

だとしても啓次郎には、その舟運が婚礼諸道具に気を使うのと忙しいという以外は、さほど難しい仕事とは思われなかった。

それより気がかりは、お千香の身だった。

わずか二晩の旅だから同じ裏店の住人に頼めないではなかったが、啓次郎は久し振りという気持ちもあって、お千香を連れていくことにした。

向こうでちょっとでも隙間ができれば、お千香に川越見物でもさせてやりたい、と啓次郎はその程度に軽く考えてもいた。

「川越へ急に船を出さねばならなくなった。お千香もいくか」

そう言うと、お千香は小躍りして喜んだ。

その日の夕刻、お千香はわずかな肌着を風呂敷に包み腰に結んだだけの旅拵えで、色直しの長持や唐櫃、桐の屏風箱、黒棚、貝桶など色鮮やかで豪華な婚礼諸道具を積みこんだ川越平田に乗りこんだ。

夕刻の川は穏やかで、向島の川縁で背黒せきれいが、ちいちいじょいじょい……と飛び廻っているのが見えた。

西の空は夕焼けが真っ赤だった。

舳に焚いたかがり火が、川面を昼間のように明々と照らしていた。

武州屋の旦那さんが手代を連れて、珍しく船着場まで見送りにきた。

「婚礼の諸道具は安藤家のご家来衆の指図に従えばいい。みな、粗相のないように。首尾よい旅を祈っているよ」

「ありがとうごぜえやす。では明後日の昼までには戻ってめえりやす」

「頼んだよ。お千香、気を付けてな」

お千香は世事の上げ板に乗って、武州屋の旦那さんへ手を振った。

船だせえっ――と、お舵の舵取り棒を握った啓次郎が船子らに号令をかけた。

棹を握った常吉が船首に立ち、六平が左舷の小縁、見習いの仙太が右舷の小縁で懸命に棹を使っている。

仙太は下駄屋の貞治さんの親戚の子で、年は十三歳。この夏から見習いで啓次郎の船に乗り始めたばかりだった。

船子らがかけ声を合わせて棹を突くと、長六丈（一八メートル）余り、幅一丈四尺（約四・二メートル）の平田船は、船体を軋ませながら花川戸の船着場を離れ、浅草川をゆるやかにさかのぼり始めた。

千住大橋をくぐるまで帆柱は立てず、棹と櫓で川をさかのぼる。

お千香は、桟橋の武州屋の旦那さんから、少しずつ遠ざかる大川橋を渡る人影へ、堤のお休み処の志ノ助さんへ、堤道をゆく人々へ両手を振り、

「さようならあ、元気でねえ」

と、無邪気な澄んだ声を川面に響かせた。

夕焼の残光が空に浮かぶ雲を赤く染め、その空の下を川は大きな弧を描きつつ北へ向かっている。

舳のかがり火が音を立てて燃え、向島の川縁では背黒せきれいが盛んに鳴いている。

遠い空の彼方を、ねぐらへ帰る烏も飛んでゆく。

啓次郎は舵取り棒を、少しずつ、少しずつ切っていった。

滑らかな波が船縁を、さらさらさらと舐めては遠ざかる。

船子が小縁をひたひたと伝っていく。

啓次郎には何度見ても、うっとりするような光景だった。

お千香は通りすぎていく堤へ、まだ手を振り続けていた。

その清らかな可愛らしさに、言葉にならない愛おしさがこみあげた。

女房のお綱は、お千香がようやく這うことができるほどのころ、流行りの風邪をこじらせて胸を病み、わずか二十数年の生涯を閉じた。

「あんた、今日は早く帰ってきてね」

お千香を負ぶったお綱は、その朝、啓次郎に具合が悪そうに言った。

「ああ。ちょいと船の修理と雑用を済ますだけだ。八ツ（午後二時）には戻ってくるよ。何か買ってくる物はあるかい」

お綱は笑顔を浮かべ、首を小さく左右に振った。

芝の商人の娘で、親や親類の強い反対を押し切り、駆け落ち同然に啓次郎と所帯を持った恋女房のお綱の、それが最後に見た笑顔だった。

何て寂しそうな笑顔だったろう。数日前から、流行り風邪にかかっていたのはわかっていた。思い出すたびに啓次郎の胸はきりきりと締め付けられた。

あのころ啓次郎は、船子の身から船頭になったばかりだった。

若い年で船頭になって、腕に自信があり、自惚れてもいた。

江戸の場末に近い浅草あたりでは、みなが振り向くほど器量よしの女房のお綱が自慢でもあった。

そしてその若さなりに、自信と自惚れと自慢に見合うほどに、愚かだった。魔が啓次郎の愚かさに付けこんだ。

十代のときから博打が、馬鹿が付くほど好きだった。

船頭修業のころ、博打が元で親方にどやされたことがある。賭場で喧嘩をしたことや、借金を作って賭場の若い衆に追い廻されたこともある。

所帯を持った。人の親にもなった。もう餓鬼じゃやねえ。

そう思っていた。

けれどもその日の船からの帰り、久し振りに昔の博打仲間に出会った。

久し振りじゃねえか、一杯付き合えよ、と誘われたら断わり切れず、じゃあ一杯だけ、のつもりだった。

それが思いのほかに深酒となり、挙句の果てがお綱とお千香のことを忘れ、上野の賭場で明け方までの丁半三昧に浮かれた。

何やってんだよ、おめえは……

自分を罵った。お綱になんと詫びようと肩をすぼませて花川戸の裏店に戻った。

　すると、路地が何やら騒がしかった。

　家の前に路地の住人が集まっていて、その中に幼馴染の可一がいた。

　可一は啓次郎を見付け、慌てて駆け寄ってきた。

「けいちゃん、お綱さんが、お綱さんが……」

　可一の言葉は続かなかった。

　啓次郎はどぶ板をばたばたと鳴らし、家の前の住人がさっと前を開けた。

　お綱は奥の六畳間に、北向きの布団に寝かされていた。

　あの器量よしの笑顔は、白い布がかぶせられ、もう見ることはできなかった。

　枕屏風の側で線香が燃え、家主の五郎治さんとお滝さんがお綱の枕元に座って、お滝さんは子猫のように泣くお千香をあやしていた。

　お滝さんは啓次郎と目を合わせると、お綱の枕元からお綱の代わりに叫んだ。

「啓次郎の馬鹿っ」

　啓次郎の馬鹿っ……

　啓次郎の脳裡をあのときの声が今でも時どきよぎる。

　泣いて悔んだとて、今さらなんになろう。

あれから啓次郎は、好きな博打と酒をぷっつりと断った。

お千香を負ぶって船頭稼業にいそしんだ。

舟運の河岸場でもらい乳をしたり、やぎの乳をもらって飲ませたり、重湯（おもゆ）を作って飲ませたり、一生懸命お千香を育てた。と言うより何かわけのわからない恐れから、必死にお千香を守ったと言うべきだったかもしれない。

お綱、見ていてくれ。お千香はちゃんと守って見せるぜ。

お千香は、誰にも、どこへも連れていかせねえぜ。

さらさらさらと、川波が気持ちよげな音を立てた。

啓次郎は舵取り棒をゆっくり切った。

船は浅草川に沿って、千住河岸と千住大橋の方へ大きく曲がっていく。

お千香は胴船梁（どうふなばり）へ腰かけ、川岸の光景にじっと見入っていた。

そうだお千香は、この船で育ったのだ。

船の進みに合わせて、川風がお千香のがっそうの髪をそよがせていた。

「よおし、仙太、それでいい。その調子だ」

啓次郎は、ひた向きに棹を使い小縁をいったりきたりしている仙太に言った。

「よおし、仙太あ、それでいいよ、その調子だよ」

お千香が啓次郎の口真似をして言った。

船首の常吉と左舷の六平がお千香を振りかえり、あはは、と笑った。

風がないので、千住大橋をくぐっても帆柱は立てなかった。

船が千住から赤羽、川口の河岸場をすぎ、戸田、赤塚、早瀬を越えて、荒川と新河岸川が分流する新倉河岸の常夜灯が見えるころ、川筋は漆黒の夜の帳に覆われていた。

荒川も新河岸川も黒い闇の中に沈んでいる。

隅田川はそこで終わり、川越へさかのぼる新河岸川は川幅がだいぶ狭くなる。

唄にも唄われる新河岸川の九十九曲がりは、昔の松平の殿さまが舟運に支障がないように水量を保ち流れをゆるやかにするため流れを蛇行させた、と伝わっていた。

新倉河岸から志木河岸をすぎて山下河岸あたりまでは、新河岸川の九十九曲がりが次々と続く。水深は一間半（約二・七メートル）ばかり。川幅が十数間しかないところもあって、底の平たい平田船でも、油断すれば曲がり端の川縁の浅瀬に底を擦る危険がある。

く。

啓次郎はとき折りは、お舵の舵取り棒を櫓に持ち変えて、櫓を漕いで勢いよく船を押し進めていった。

左舷と右舷の六平と仙太は、船が一方に片寄りすぎないように棹を突き、船首の常吉は舳のかがり火が照らす暗い川筋を睨んで、船首を右へ左へと向けていく。

船が大きく蛇行するとき、お舵が低く呻いて船の後ろの川面を波立てた。

「右だ、仙太。思いっきり突けえ。そうだあ、それでいいぞ」

常吉と六平は新河岸川の舟運にだいぶ慣れているが、仙太が慣れるまでにはまだまだときがかかる。

何も見えない川岸の暗闇から、蛙の鳴き声がどこまでも追いかけてくる。

お千香は眠くなったらしく、だいぶ前に世事に入っていた。

山下の河岸場の灯りを川下に見るころには夜半はとうにすぎ、疲れと眠気が船を包むのだった。幾ぶん川の蛇行が穏やかになってきたあたりで、

「まだ先は長い。六平、辛くても気を許すな。急に楽になったとしたら、そのときはもう冥土だぞ。おめえの喉を聞かせろや」

と、六平に指図した。

「へい、親方」

喉自慢の六平はまだ十六歳だが、九十九曲がりゃあ……と唄声を響かせた。

「常吉、ちょっとの間、舵取り棒を握っててくれ」

啓次郎は船首の常吉を呼び寄せ、世事のお千香の様子を見にいった。

暗い世事の上げ板は開いていて、夜の息吹(いぶき)が涼しかった。

お千香は床に敷いた莫蓙へ横たわり、布団もかけず心地よげな寝息を立てていた。

啓次郎はお千香の傍らに跪(ひざまず)き、布団をそっとかけた。

するとお千香は啓次郎の方へ寝がえりを打って啓次郎の掌(て)を取り、皮の厚いざらざらとした掌をまくら代わりに、やはり心地よげに眠り続けるのだった。

啓次郎はお千香の綿のようにやわらかい髪を梳(す)いた。お千香の頭は、ほんのりと汗をかいていた。

啓次郎は溜息(ためいき)をつき、夜の川に流れる六平の唄声にじっと耳を傾けたのだった。

四

仙波河岸の船着場には、朝の四ツ（午前十時頃）前に着いた。

その朝は曇っているのに、川筋はひどく蒸し暑かった。

夜明けとともに目覚めたお千香は、船縁で河岸場の光景を眺めている。

川堤に船問屋の主屋（おもや）や漆喰（しっくい）をほどこした土蔵が甍（いらか）を並べ、主屋の店には荷物を運ぶ馬方や川船の船頭らが出入りして、荷馬のいななきやおびただしい人の声で賑わっていた。

堤から雁木（がんぎ）をおりた船着場の桟橋には大小の川船が舫（もや）い、人足が荷物の積みおろしで板桟橋を引っきりなしに鳴らしていた。

河岸場の船問屋は藩より公認を受け、甲州（こうしゅう）や信州（しんしゅう）とも取り引きがあり、そんな遠国（おんごく）から運びこまれる荷物を舟運で江戸へ輸送する。

船を桟橋へごとんと接岸させ、お舵を川からあげた。

六平と仙太が飛びおり縄を桟橋の杭（くい）に括（くく）り付け、常吉は運んできた婚礼諸道具の縄を早速（さっそく）解き始める。

その間に船をおりた啓次郎の後に、お千香が小走りでついてきた。

人足らをさけて桟橋から雁木をあがり、船問屋谷屋の店の長暖簾をくぐった。

店土間では、馬方や船頭、人足らが店の手代とやり取りを交わしていた。

顔見知りの手代が啓次郎を見付け、「ご苦労さまです」とひと声かけた。

「旦那さま、武州屋さんの啓次郎さんがお見えです」

奥の帳場格子で大福帳を開いていた谷屋の旦那さんが顔をあげた。

「おお、啓次郎、待っていた。ご苦労さんご苦労さん」

谷屋の旦那さんが帳場格子を立って、店の間のあがり端へきた。そして、

「存外早かったな。おや？　この子はもしかしたらお千香ではないか」

と、啓次郎の後ろのお千香を見て日に焼けた顔をほころばせた。

「へえ。お千香でやす。ここまでどうにか育ってくれやした」

「やはりお千香か。前にきたのは、確か二年前だったな。あのときはまだ赤ん坊の様子が残っておったのに、たった二年でこんなに綺麗な童女に育ったか。啓次郎、先が楽しみだなあ。お千香、おじさんを覚えているか」

旦那さんはお千香の薄桃色の丸い頬を両の掌で包み、にこにこと見つめた。

お千香ははっきりとは思い出せず、黒い目を左右にくりくりさせた。

「お千香、こちらは父ちゃんがいつもお世話になっている谷屋の旦那さんだ。ちゃんとご挨拶しろ」

こんにちは――と、お千香は照れ臭さを堪えてようやく言った。

「賢そうないい顔をしている。父ちゃんの船に乗ってきたのか。面白かったか」

お千香はこくりと頷いた。

「そうかそうか。さあ、啓次郎、あがって茶でも飲んでいきなさい。用意させる」

「ありがとうございやす。ですが旦那さん、明後日からの舟運の都合で、藩のご用米を明日の昼までに武州屋さんへ運ぶ段取りを組んでおりやす。そのためには夕刻には船出してえんで、藩米の積みこみを早速お願いいたしやす」

「そうだった。のんびりしてはおられんな。藩の方はこちらの都合も考えず無理を平気で申し付けてくるから手を焼かされるよ。藩米二百俵は夕べのうちに届いておる。すぐに積みこませよう」

旦那さんが苦笑いを浮かべて応じた。

「その前に、三番町の安藤さまのご婚礼調度を今朝の船で積んできておりやす。それをまずおろさねばなりやせん。安藤さまのご家来衆が、受け取りに見えられているとうかがっておりやしたが」

「ああ、見えられておる。半吉（はんきち）ぃ、半吉ぃ……」

店の奥から走り出てきた縞木綿（しまもめん）の小僧に、旦那さんは命じた。

「離れの寺田（てらだ）さまにすぐこちらへきていただきなさい。船が着きましたと、そう申せばおわかりになる」

ほどなく店土間に現れたのは、寺田兵部（ひょうぶ）と名乗る羽織袴（はかま）の若い家士（かし）ひとりだった。

豪華なご婚礼諸道具を受け取るご家来衆と聞かされ、数名の侍や中間（ちゅうげん）下男らが現れるものと思っていたのに、寺田ひとりというのは意外だった。

しかも、少し手違いがあった。

寺田はあくまで諸道具を受け取る役目を申し付かっているのみであり、船賃や祝い事の心付けを主がじかに手渡したく、宮ノ下の屋敷へ同道を願うと言うのだ。

困ったな、と啓次郎は思った。

自分が屋敷へ同道すれば、藩米二百俵の積みこみを指図できなくなるし、第一、所詮（しょせん）舟運の船頭の身で身分の高そうな武家屋敷へ出かける拵えもできなかった。

啓次郎は麻の単（ひとえ）の膝までの半着（はんぎ）に黒い男帯をぎゅっと締め、黒の脚半（きゃはん）に草鞋（わらじ）という扮装（ふんそう）だった。

そのうえに、今夕の船出に遅れが出はしまいか、という不安もあった。

ご同道いただかねば拙者も務めが果せぬ、と寺田は譲らなかった。

啓次郎が譲るしかなかった。

「父ちゃん、わっちもいっていい？」

傍らのお千香が啓次郎の筒袖を引っ張った。

「ご身分の高いお武家さまのお屋敷へおうかがいするのだから、子供はだめだ」

「よいではないか。めでたいご婚礼調度をこのような愛くるしい童が届けてくれるとなれば、主はきっとお歓びになるはず」

と、寺田はお千香に微笑（ほほえ）んだ。

「なら、啓次郎、わたしの着物を貸してあげよう。それに着替えていくといい。それと、朝ご飯を食べていきなさい。お千香、お腹が空（す）いているだろう」

谷屋の旦那さんがいろいろと気遣ってくれた。

そうと決まって、啓次郎は常吉に米俵の積みこみの指図と夕刻の船出までの段取りを命じた後、主屋の座敷で旦那さんの着物を借りて着替えた。

その間に、寺田は三台の荷車に諸道具の積みこみを指図し、お千香は谷屋の台所の板敷で朝ご飯をいただいた。

それでも何やかにやと手間がかかって、寺田を先頭に人足らが引く三台の荷車の後ろに従いお千香とともに谷屋を出たときは、昼の九ツ（正午頃）近くになっていた。


河岸場から川越の町地までは、水田や陸田が続く野道をがたがたと進んだ。

空には白い雲が一面に覆い、ひどく蒸し暑い。

樹林に囲われた百姓家が散在している彼方に、町家が帯のように列なって見えた。

川越城には天守閣がなく、果てしない空と広がる田面の中に家々が固まった様子は、なんとはなしに寂しげだった。

それでも浅草花川戸の町と五郎治さんとお滝さんに連れていかれた寺や神社、後は空覚えの新河岸川や浅草川しか知らないお千香には、初めて見る川越の野は物珍しい風景だった。

お千香は啓次郎に手を引かれながら野の彼方を見廻し、どこかの水田で水鶏（くいな）が、こっこっと鳴く声を聞いた。

荷車だけが、がたがたと野道に騒がしい音を立てている。

「父ちゃん、寂しいところだね」

お千香が言った。

「そうだな。けど、川越のご城下に入ると大きな町だぞ」

「ご城下は江戸より大きいの」

「江戸ほどではないが、このあたりでは一番大きな町だ」

ふうん、とお千香は物思わしげにかえした。

そのとき啓次郎は、天気が心配になって空を見あげた。

冷たい湿った風が、啓次郎の首筋を撫（な）でたからだった。

さっきより空が暗くなっていた。こういう天気のときは雨になる場合が多い。

まずいな。こいつはひと雨くるぞ……長年の舟運の経験と勘でそれがわかった。

もってくれればいいが……

川越城下の町地へ入り、お屋敷町の静かな通りへ折れて江戸（えど）町、多賀（たが）町の辻をすぎて本町、そして宮ノ下にある安藤家のこぢんまりした長屋門の前に着いたのは半刻後だった。

三台の荷車に積んだ婚礼諸道具が到着して、安藤家は大騒ぎになった。郎党（ろうどう）に中間、下男下女、荷車引きの人足、それに奥向きの女中らまでが加わって諸道具の運び入れがわいわいと始まり、運び入れが終わってから啓次郎とお千香はお屋敷の広い座敷に招き入れられた。

主夫婦にご隠居夫婦、ご婚儀をあげるお嬢さまと兄弟姉妹、親類縁者らしき家人がぞろぞろと現れて、下座（しもざ）に控えた啓次郎とお千香を恐縮させた。

茶菓が用意されたが、啓次郎は畏（かしこ）まって茶を飲むこともできなかった。

ただお千香は、長い道程を歩いて喉が渇いていたのでゆっくりと茶を飲んだ。

主夫婦はにこにことお千香の仕種を見つめ、

「愛くるしい童じゃのう」

と、上機嫌で言った。

「本当に」

奥方さまが鉄漿（おはぐろ）の口元をほころばせて応えた。

主は「遠路はるばる、ご苦労であった」とねぎらいの言葉をかけ、それから江戸の様子、諸色（物価）の動き、町家の婚礼のしきたりなど、啓次郎にあれこれと訊ねた。

さらにその後、奥方さま、隠居夫婦、親類縁者、お嬢さまや兄弟姉妹がそれぞれに江戸の暮らし、舟運の仕組、男手ひとつで幼いお千香を育てている話などを訊ね、話は尽きず、ときは刻々とすぎていった。

そうして、啓次郎とお千香がお屋敷を出て帰途に付いたのは、夕の七ツ（午後四時頃）を川越ご城下の時の鐘が報せた後だった。

夕方が近付いて、空はさらに暗くなっていた。湿った風も吹いていた。

「お千香、父ちゃんが負ぶってやろう」

「うん」

啓次郎は着物を裾端折りにしてお千香を負い、仙波河岸への戻り道を急いだ。

せめて河岸場に着くまで降らないでくれよ、と願っていた。

遠くの空で、どろどろ、どろどろ、と雷が鳴った。

仙波河岸までの道程の半ばあたりまできたころ、とうとうぽつりぽつり……と落ちてきた。

きたか、と思う間もなく雨は、ささささ、と道端の草木を騒がせた。

そして篠を突く雨が野道を叩き始めた。

たちまち野道に泥水を跳ね、水煙が舞いあがった。

空は無気味な黒色に染まり、雷鳴はだんだん近付いてくる。

ぴかっ、と田面の彼方の黒い空に稲光が走った。遠くの森と百姓家が、一瞬浮かんで消えた。その後に、どおん、と大地をゆるがす音が轟く。

啓次郎にしがみ付いたお千香の、こつこつと打つ小さな鼓動が背中に伝わった。

「うわあ、すげえな、お千香。こりゃあもう、濡れていくしかねえぜ。父ちゃんの肩をしっかり持ってろよ。大丈夫だからな」

殊更に明るく言うと、しがみ付くお千香の手に力がこもるのがわかった。

啓次郎はお千香を元気付けるために、わざとおどけて見せたりした。

しかし激しい雨に打たれ、幾ら夏でも身体はどんどん冷えていく。

「お千香、元気を出せよ。もうすぐだ」

啓次郎は道を急ぎつつ、たびたびお千香の名を呼んだ。

お千香は「うん」と応えていたのが、そのうちに何も応えなくなった。

啓次郎の脳裡に女房のお綱のことがよぎった。

こんなところでぐずぐずしちゃあいられねえ。

啓次郎は草履を脱いで帯に挟み、背中のお千香の身体をぐっと持ちあげ、「それっ」とひと声、水煙の中を裸足で走った。

暗い雨の中を道に迷ったけれど、啓次郎とお千香は六ツ（午後六時頃）をすぎて谷屋へ戻った。

「啓次郎、お千香、心配した。えらい目に遭ったな」

旦那さんが店奥から走り出てきた。

啓次郎はお千香を負ぶったなり、荒い息の下で言った。

「申しわけありやせん。旦那さんの上等の着物を台無しにしてしまいやした」

「かまわんかまわん。着物のことなど気にするな。ささ、台所の竈で身体を暖めるといい。誰か、二人に手拭と着替えを持ってきておやり」

台所の土間は大きな竈に薪が音を立てて燃え、ほっとする暖かさだった。

竈には鍋が架かり、湯気を立てていた。

雨に閉じこめられたか、四人の馬方らが竈の前にしゃがんで煙管を吹かしていたのが、ずぶ濡れの啓次郎とお千香を見ると「おう、あたれ、あたれ」と竈の前をぞろぞろと空けた。

そこで啓次郎はようやくお千香をおろした。

下女が手拭を持ってきて啓次郎に手渡し、新しい薪（まき）を竈にくべた。それから、

「おれが拭いてやるべえ」

と言い、お千香の濡れた頭を拭い始めたが、お千香は、くしゅん、とくしゃみをして、竈の火にあたっても震えていた。

小僧の半吉が啓次郎の着替えを持ってきて、板敷で見守る旦那さんに訊いた。

「旦那さま、お千香ちゃんの着替えはどういたしましょうか」

「あ、お千香の着替えだったな。そうだ、啓次郎、お千香には娘が子供のときの着物を出しておくから、その間に二人で湯へ入ったらどうだ。湯を立てたばかりで手代らもまだ入っていない。今のうちだ。そうしなさい」

「ありがとうございやす。なら、お言葉に甘えてお千香だけでもお願いいたしやす。あっしはここで着替えさせていただき、船出の支度にかかりやす。船子らもあっしが戻るのを待っておりやしょう」

「やっぱり出るか。凄（すご）い雨だぞ。雷は止（や）んだが風が少し出てきた。無理はするな」

台所にいても、外の激しい雨音が聞こえてくる。

この雨の中を船出するらしいと知って、馬方らがざわ付いた。

「雨の収まるのを待っているうちに川が増水でもしたら却って難儀でやす。雨だけならいけやす。無理はしやせん。船荷を無事に運ぶのが船頭の一番の務めでやすから」

「わかった。船頭の決めることだ。お竹、おまえがお千香を湯へ入れておやり」

「へえい」

お竹は太い腕でお千香を軽々と抱きあげ、かたかたと下駄を鳴らした。

啓次郎は素早く麻の胴衣に着替え、半纏を着けた。

脚半に草鞋、手拭を向こう鉢巻に締め、これも小僧の半吉が用意した菅笠に蓑をささっとまとうと、降りしきる雨の中へ走り出て、川船が幾艘も雨に打たれている暗闇の船着場へおりた。

桟橋に繋留した船では、やはり菅笠と蓑を着けた常吉、六平、仙太の三人が、舳と艫と船縁に棹を突いて寒々と佇んでいた。

常吉らが船に乗りこんだ啓次郎の周りに集まった。

「みんな、済まなかった。常吉、船出の支度はできているか」

「いつでもいけやす」

と応えた常吉の声を、激しい雨の音がかき消した。

啓次郎は船板に積みこんだ米俵に桐油を引いた油紙をかぶせ、さらに莚茣蓙で覆って縄でしっかりと固定してあるのを確かめた。

「けど親方、この雨じゃあかがり火も焚けやせん。それでも船え出しやすか」

「舳におれが立つ。舵棒は常吉が取れ。六平と仙太は船縁をいつも通り固めろ。内川（新河岸川）の川筋はおれの頭の中に全部入えってる。おれの指図通りに働けばこれぐらいの雨はどうってことはねえ。みんな、いくぜ」

へいっ——三人が揃えた声と一緒に、暗い夜空で、ごおおと風が巻いた。

五

半刻後、二百俵の米俵が黒い影を作る平田船は、仙波河岸をゆらりと離れた。

谷屋の旦那さんと小僧の半吉が蛇の目を差し、お竹がお千香を抱いて船まで運んできた。三人はそのまま桟橋で船出を見送り、旦那さんが、

「啓次郎、くれぐれも無理をするんじゃないぞ」

と、心配そうに繰りかえした。

「任せてくだせえ」

啓次郎は滑らかに船出する船の舳に立って、殊更、船着場へ声を響かせた。

船着場がたちまち暗がりの彼方に消え去っていく。

啓次郎は漆黒に包まれた川筋を睨んだ。

川面や両岸を叩く雨の音だけが、船に従って賑やかについてきた。

それでも目を凝らせば、ぼうっと川面が浮かんでくる。

よし、見えるぜ——啓次郎はおのれに言い聞かせた。

十歳をすぎてから、数えきれぬくらいに往来した新河岸川だ。

目に焼きつけた川筋の光景が、ありありと甦る。

けれどもその夜、不運は重なった。

仙波河岸を船出して上新河岸、下新河岸をすぎるあたりで、大したことはないと思えた風が急にうなりをあげて川筋に吹き荒み始めたのだった。

降りしきる雨が横殴りになった。

流れのゆるい新河岸川でも波立っているのが、船梁を軋ませ船体が大きくゆれるのでわかった。

両岸の樹林らしき黒い影が、風とともに右や左へと傾いでいた。

川筋を疾風が、ごおおっと音を巻きあげて走り、船をがたがたとゆさぶった。ひとつが吹きすぎると新たな風が追いかけてきて、それがすぎてさらにまた新たにと、次々と川面を舐めつつ船に襲いかかってくる。

艫の常吉は舵を取られないように舵取り棒を懸命に押さえ、船縁の六平と仙太は風に耐えて必死に棹を使っていた。

船は寺尾河岸をすぎた。

蓑も菅笠も全く役に立たず、啓次郎はまたも濡れ鼠だった。

ただの風ではなく、こいつは嵐だった。

お千香は世事の布団に寝かせていた。

暗い世事でさぞかし心細がっているだろう。

くそ、と啓次郎は歯嚙みした。

「常吉、六平、仙太、福岡河岸へ着けるぞ。風が鎮まるまで待とう」

真っ暗な前方に次の福岡河岸の常夜灯が、ぽつんと見えた。

福岡河岸の対岸は古市場河岸になっていて、二つの河岸場を結んで粗末な板橋が新河岸川に架かっている。

船はその板橋をくぐり、ようやく福岡河岸へ接岸した。

福岡河岸には、この雨風から避難して先に碇泊(ていはく)しているらしき数艘の平田船が、ごとんごとんと船縁をぶつけ、ゆれていた。

啓次郎らは狭い世事にもぐりこみ、ひと息付いた。

布団にくるまったお千香は、気持ちのよさそうな寝息を立てていた。

せめてお千香が寝ていてくれてよかった。

風が吹き荒れ、船縁の棚を波や雨が、ぱしっ、ぱらぱらっ、と叩いた。

船が桟橋の杭にぶつかって、軋みをあげる。

「こんな嵐は、おら、初めてだ。親方、船がもちやすかね」

常吉が訊いた。

暗がりの中でも、仙太が怯(おび)えているのがわかった。

「船は大丈夫さ。心配にはおよばねえ。それより荷物だ。この嵐じゃあ米俵が濡れてしまう。そんなことになったら大損どころじゃあ済まねえ」

仙波河岸に止(とど)まっていればよかった。

啓次郎は強引に船出したことを後悔した。

「仕方ねえ。俵は問屋の蔵に入れてもらい、今夜は福岡河岸で宿を取ろう。よし、おめえらはここで待ってろ。問屋に頼んでくる。お千香のことを見ていてくれ」

啓次郎は福岡河岸の雁木を駆けあがった。

福岡河岸には《吉野屋》と《江戸屋》という二つの船問屋が店を構えている。

啓次郎は取り引きのある吉野屋へ走りこんだ。

吉野屋には、船頭や船子、荷馬で問屋の荷物を輸送する馬方、人足、問屋に出入りする商人らが、すでに大勢足止めを食らっていた。

問屋の主人は、啓次郎の事情を察して言った。

「松平さまの蔵元へお運びする米でございますか。それは何とかせねばなりませんな。承知いたしました。幸いこの嵐で仕事にならず、うちで嵐が止むのを待っておる人足らがごろごろしております。早速、蔵へ運びこむ手配をいたしましょう」

しかし主人は、啓次郎の足元を見ることも忘れなかった。

「ただ、この雨風の中の荷運びですから人足らの手間賃に色を付けませんと……」

「承知しておりやす。そいつあ旦那さんのお取り計らいにお任せいたしやす」

船荷を守らなければ元も子も失う。

それから嵐を突いて、船から問屋の蔵へ二百俵の運びこみが始まった。

高い手間賃が出ると言うので、仕事にあぶれた馬方らも運びこみに加わった。

激しい雨と風にもまれながら、福岡河岸の船着場は啓次郎や常吉らの指図する声と人足らのかけ声が飛び交い、大変な騒ぎに包まれた。

啓次郎は無我夢中になり、お千香のことを忘れていた。

あっ、と思い出して世事をのぞくと、お千香は目を覚まし、暗い世事の中でひとりぽつんと座っていた。

「お千香、仕事が済んだら呼びにくるからな。あったかくして待ってろよ」

啓次郎はお千香を布団でくるみながら、自分の不手際を責めた。

情けない父親だ——と悔んだ。

だがいくら悔んでも、今は不手際をおぎなうしかなかった。

運びこみには一刻半がかかった。

運びこみが済んだときは、もう子の刻（午前零時頃）近くになっていた。

けれども、とりあえずこの嵐から米俵は守れた。

「お千香、待たせたな。さあ、宿屋へ泊まろう」

「うん」

お千香は微笑んで頷いた。それから、くしゅん、とくしゃみをした。

啓次郎はお千香に自分の菅笠と蓑を着せて負ぶった。

ところが、啓次郎らの嵐が止むまですごす宿がなかった。

船問屋の吉野屋は、出入りの商人や馬方、人足らが店の間や主屋のみならず、蔵にまで泊まりこんでおり、もう一軒の船問屋江戸屋でも舟運を見合わせた船客や旅の商人が一杯で、すでに相部屋も無理だった。

と言って、嵐は治まる気配はなく川は荒れていて、船の世事では寝られない。

お千香が背中でくしゃみを繰りかえしていた。

問屋の主人が子連れの啓次郎に同情して言った。

「もう一軒、橋を渡った古市場になりますが宿屋はあることはありますがね。ですがそこはその筋の者らの出入りが多く、堅気の方が取る宿ではございませんのですよ。こういう遊びも毎晩開かれておるようでしてね」

と、壺を振る仕種をして見せた。

「いえ。その筋の客が多いと言うだけで堅気の方が泊まれないわけではありません。堅気の商人でも、うちへくるたびにあえてそこに宿を取られて、ひと晩遊んでいかれるお好きな方もいらっしゃいます。主人も強面なところもございますが、その筋の客と堅気の客を分け隔てするわきまえは心得ておりますので、その点は大丈夫なんですが……」

「よろしゅうございやす。その宿へお頼みしやす」

こうなったら、選り好みはできなかった。

吉野屋の下男の案内で、お千香を負ぶった啓次郎、常吉、六平、仙太が続いて風雨吹き荒ぶ板橋を渡り、古市場河岸の町地から少し離れた大きな百姓家のような宿へ着いた。

主屋の前に広い庭があって風雨が打ち、庭の周りでは竹林の影が波打っていた。

つぶし島田にほつれ毛を垂らし、塗りたくった白粉に真赤な口紅が目立つ、女将らしい大年増が手燭を持って表土間に続く板敷に現れた。

赤い襦袢が襟元と裸足の足元に見え、上に襲ねた縞の小袖の裾をだらしなく引きずっていた。

年増は下男から事情を訊き、

「ああいいよ。手拭を持ってるかい。じゃあ身体を拭いておあがりな」

と、ねっとりと笑って紅い唇の間から鉄漿を光らせた。

それでも五人が導かれた部屋は、六畳間の小綺麗な座敷だった。

年増は行灯に明かりを入れて言った。

「押し入れに布団が入っているから、自分らで出して使いな。喉が渇いたら台所の鉄瓶に湯があるから自分らで勝手に飲みな」

「おばさん、ありがとう」

いきかけた年増にお千香が言った。

年増は妙な顔付きをお千香に向け、ふいとそむけて部屋を出ていった。

五人はやっと落ち着き、笑みを交わし合った。

「こうなっちまったら、あれこれ気をもんでもどうにもならねえ。明日は嵐が収まるだろう。とにかく休もう」

啓次郎が言い、布団を敷いてみな横になった。

啓次郎とお千香はひとつの布団に入った。

啓次郎はお千香に添寝をすると、胸を撫でおろした。昨日、花川戸を船出してから一睡もしていない。疲れがどっと押し寄せた。

窓に立てた板戸を雨が叩いていた。

風がうなり、そのたびに家がぎしぎしとゆれた。

ばらばらぽん、はったはった、ちょう、はん……

立てた襖の向こうから男らのくぐもった声が聞こえてきた。

こんな嵐の夜でも、同じ宿のどこかの部屋で吉野屋の旦那さんが言っていた賭場が開かれているらしい。

座敷は少し蒸したが、賭場の声が耳障りなので襖は閉めたままにした。

お千香が大きな目を見開いて、暗い天井を見あげていた。

啓次郎はお千香のやわらかい髪を撫でた。

「ろくぞろ（六六）」

お千香が言った。

「うん？　どうした、お千香、何か言ったかい」

ふふ、とお千香は笑った。

「ゆっくりお休み」

啓次郎はささやいた。

ばらばらぽん……

「しそう（四三）」

お千香がまた言った。

「？」

襖の向こうから男らのざわめきと、駒札のかちゃかちゃ鳴る音が聞こえる。

常吉らの寝息が聞こえてきた。

啓次郎はまどろんだ。

そのまどろみの中でお千香の声を聞いた。

「ぐに（五二）」

それから何もかもが消えた。

次の瞬間、啓次郎は目を見開いた。

「何だとてめえ、金がねえだとお」

誰が開けたのか部屋の襖が半分開いていて、暗い廊下が見えた。

怒声が、その廊下を隔てた部屋の襖の向こうから響いてきた。

お千香は安らかな寝息を立てていた。

上体を起こし常吉らの方へ振り向いた。常吉と六平の布団が空だった。仙太は背中を向けて寝ている。

どど、と畳が不穏にゆれた。

「てめえ、舐めてやがんのかあ」

ばたんばたん、ざざざざ……

吹き荒ぶ風と雨の音が続いていた。

「親方、親方」

廊下に六平が縮こまり、啓次郎をそっと呼んでいた。

六

お千香は熱い布団に横たわり、明かりの中の人影を見ていた。

人影の向こうに、にゅうっと突き出たおじさんの顔が、長い煙管を咥(くわ)えていた。

襖が開いたままだった。暗い廊下があった。廊下の反対側の襖も開いていて、また暗い部屋が見えた。明かりは、その暗い部屋のもうひとつ向こうの部屋を、黄色いぼうっとした光で包んでいた。

その部屋の襖は両開きになっていた。

人影は三つで、お千香の方へ背を向けて座っていた。

「どうすんだようっ」

両開きの襖の片方から男が出てきて、座った人影の頭を突いた。

座った人影が頭を手で覆った。

六平だとわかった。

「てめえ、でけえ口叩きやがってよう」

そう怒鳴って二人目の影を足で蹴った。

蹴られて「親方あっ」と三人目に凭れかかったのは常吉だった。

「乱暴は、止めてくだせえ」

常吉をかばったのは父ちゃんだった。

「何が親方でえ。てめえも一緒だで」

反対側の襖の影からもうひとりの男が出てきて、父ちゃんの頭を打った。

父ちゃんは辛そうに肩をすくめた。

ごおおお、と外でうなる風が家をゆるがした。蒸し暑かった。

お千香は起きあがった。

「お千香、お千香、じっとしてろ」

後ろで仙太が声をひそめて呼びかけた。

仙太は猫みたいな怯えた目をして、布団の中からお千香を見あげていた。

「だって、父ちゃんがいじめられているんだもの」

お千香は仙太に言った。

廊下を渡り、暗い部屋に踏み入った。

「お千香、いっちゃあならねえ」

仙太が言ったが、お千香は、にゅうっと突き出たおじさんの大きな顔を見ていた。

おじさんは近付いていくお千香を見付け、部厚い唇を顔の端から端まで伸ばしてにんまりとした。

口の下に何かをぶらさげているみたいに顎が垂れ、長い頰の間にかりん糖に似た唇ともっこり盛りあがった鼻と、犬のような黒い目をしていて、てらてらと光って尖った頭の天辺に大きな髷が乗っていた。

お千香は谷屋の旦那さんにもらった水色に菖蒲の絵模様をあしらった上等の着物を着ていたから、おじさんはきっと着物を見て笑ったのだと思った。

「おやまあ、えれえべっぴんの嬢ちゃんでねえか」

おじさんはお千香から目を離さずに言った。

父ちゃんがお千香へ振り向いて、恐い顔をした。

「きちゃ、いけねえ」

けれどもお千香は、ふふ……と笑い、父ちゃんの隣へちょこんと座った。

常吉と六平が父ちゃんと並んで、膝に手を揃え俯いていた。

紺と鼠の帷子を着た男が二人、父ちゃんら三人の両側に立って、目を吊りあげ睨みおろしていた。

六平の向こうに開け放った障子と縁廊下があり、縁廊下には板戸が立ててある。

雨と風が打ち付け、板戸をがたがたと震わせていた。

そこは広い座敷で、白布を覆った横に長い莫蓙があった。おじさんは郡内縞に紺の半纏を袖を通さず肩へかけた恰好で、莫蓙の反対側に太く長い足を胡座に組んでいた。

おじさんの隣には、白粉に赤い口紅のさっきのおばさんが、のっぺりとした顔をお千香へ向けて座っていた。

白布の上に渋柿色の壺とさいころが二つ転がっていた。

蝋燭台が莫蓙の周りに四本据えられ、白布と壺とさいころを明々と照らしている。

お千香は、本物の盆茣蓙はこんなもんじゃねえよ、と常吉が言っていた本物の盆茣蓙がこれだ、と思った。丁半の張子がずらっと向かい合ってよ、思い出しただけでもぞくぞくするぜ、とも言っていた張子らしき姿は見えなかったけれど。

小さな板が父ちゃんと常吉と六平の前に数枚ずつ置いてあり、おじさんの前には山のように重ねてあった。もしかしたらこれが本物の駒札かもしれない。

けれどもお千香は少しがっかりした。

常吉や六平と張り合う碁石の方がずっと綺麗だし、上等だった。

おじさんは煙管を吹かし、お千香にまたにんまりと笑いかけた。

それから父ちゃんを見かえし、

「だでよ、博徒（ばくと）だろうが旅人（たびにん）だろうが、おめえらみてえな堅気だろうがよ、おらの賭場で散々遊んだら、清算するのは当り前（め）えの理屈だで」

と、低い声を絡み付かせた。

「てめえで持ち札をすっちまってよ、金の持ち合わせがねえ、ねえなら仕方ありやせん、どうぞお引き取りを、とそれで済むと思っていなさったのけえ」

父ちゃんは、俯いて首を横に振った。

「そうだでな。おら、おめえらだけに理不尽な言いがかりを付けているわけじゃあねえぞ。負けたら負けた分をきっちり清算する、世間さまの当り前えの決まりを話しているだけだで。そうでねえか」

父ちゃんがこくりと頷いた。

「さすが親方だ。世間さまの決まりをちゃんとわきまえていなさる。で、このけりをどう付けなさるつもりだね」

「は、はい。親分さんに負けた金は必ず、必ずおかえしいたしやす。けど、今は持ち合わせがありやせん。四日、いや三日、三日だけ猶予（ゆうよ）をくだせえ。江戸へ戻り、金を拵えて必ずおかえしにあがりやす」

父ちゃんが親分さんと言ったおじさんが、煙草盆の竹の灰吹きに煙管を、かあんと打ち付けた。

お千香はその音に吃驚（びっくり）した。

「嘘偽り（うそいつわ）は申しやせん。親分さん、どうか、あっしを信用してくだせえ。あっしは新河岸川の舟運の船頭を務めておりやす。こいつらあ、あっしの船子で、新河岸川があっしらの仕事場なんでやす」

「だから？」

親分は新しい刻みを煙管に詰めながら促した。

「でやすから、あっしら、福岡河岸にも古市場河岸にも馴染がございやす。そんな河岸場の親分さんにご損をかけるようなことは、できるこっちゃありやせん。どうか、三日だけ日数をくだせえ。おめえらも親分さんにお願いしろ」

お願いしやす、お願いしやす……

常吉と六平が泣きそうに言い、茣蓙に手を付いて頭を垂れた。

ふん、と親分は煙管に火を点け、ひと息吸ってから言った。

「要するに、持ち合わせがねえだで金を借りてえってわけだ。金を借りるなら利息が付くでよ。わかるけえ」

父ちゃんは頷いた。

「それと、形が必要だでな。ふん、おめえ、結構な米俵を運んでいるそうじゃねえか。そいつを形に置いていけ。なら待ってやってもええぞ」

「そ、それはご勘弁くだせえ。船頭が船荷を形に取られちゃあ、おかえしする金が作れやせん。どうか、米俵を取るのだけは……」

父ちゃんは頭を茣蓙へすり付けた。

親分が頰をすぼめて煙管を吸い、煙をふうっとお千香へ吐きかけた。

お千香は目をぱちくりさせ、こほんこほん、と煙にむせた。

すると隣のおばさんが鉄漿(おはぐろ)を剝(む)き出し、
かあああ……

と、烏みたいな笑い声を周囲にまき散らした。

「米俵は勘弁して欲しいってか。ならどうする」

親分は大きな黄色い歯を剝き出した。

「このべっぴんの嬢ちゃんは、おめえの子か」

親分はお千香から目をそらさなかった。

そしてかりん糖の唇を歪め、しいっ、と奥歯を鳴らした。

「なら、この子を形に置いていけ。それでもええぞ」

え？　と父ちゃんが手を付いたまま顔をあげた。

「だからよ、この子を形に置いてけっつってんだ」

かあああ……

おばさんがまた烏みたいに笑った。

「嬢ちゃん、嬢ちゃんならひいきの客が大勢くるぞお。綺麗な着物を着て、化粧をして、旨(うま)い物を好きなだけ食ってな、お客さんといいことをいっぱいするんだ。楽しいぞ。嬢ちゃんは今日からうちの娘になるか」

「なな、何を仰いやす。冗談を仰っちゃあいけやせん。止めてくだせえ。お千香、おまえはあっちへいってろ」

「親分さん、あっしがここに残りやす。あっしのせいでこんなことになっちまって、どうぞ、あっしを焼くなり煮るなり……」

「あっしも残りやす」

うずくまった常吉と六平が、か細い声をあげた。

すると親分はけたたましい笑い声を響かせ、おばさんも両脇に立った二人の男もつられて笑った。

「おめえらみてえな小汚えごみが、何で銭っこの形になるんだあ」

親分は大きな肩をゆらした。常吉と六平は可哀想なくらい震えていた。

「親分さん……」

お千香が親分にぽつんと言った。

「うん？　何だい、べっぴんさん」

親分は目を細めた。

「父ちゃんたちは丁半で、親分さんに負けたのね」

お千香は盆茣蓙の壺と二個のさいころを手に取り、さいころを壺に入れ振った。

　さいころが壺の中で、ばらばらと自在に跳ねた。

　その仕種を見て、親分が気色悪いほど甘ったるい笑みを作った。

「おやおや、嬢ちゃんは丁半がわかるのかい。おめえの言う通り、父ちゃんは丁半博打に負けて、大きな借金をこさえっちまったんだ。だでよ、おめえを借金の代わりにおらに売ることにしたんだ。わかるな、嬢ちゃん」

　父ちゃんが懸命に言った。

「そんなこと、言っちゃあおりやせん。親分さん、子供が怯えやす。妙な冗談はお止めになってくだせえ。お千香、あっちへ……」

「冗談だと、抜け作があ」

　親分が煙草盆に煙管を叩き付けた。煙管が跳ねてお千香の前の盆茣蓙に転がった。

「下手（したて）に出てりゃあ付けあがりやがって。おらがいつ冗談を言ったあ、抜け作」

　お千香は抜け作と言うのがおかしくて、ふふ……と笑った。

　煙管を拾い、親分の方へぽいと投げた。

　親分は、「お？　すまねえな」と、顔面をゆるめた。

「親分さん、わっちはここに残るのはいやだよ」

「おめえがいやでも、おらがそう決めたんだ。嬢ちゃんはおらの言うことを聞くしかねえんだよ」

「親分さん、わっちと、丁半をやってくんない」

お千香は親分のゆるんだ大きな顔に言った。

親分がぽかんとした。

座敷が静まりかえり、風が鳴り雨が庭を叩いていた。縁側の板戸がゆれていて、蠟燭はじりじりと燃えている。

次の瞬間、親分とおばさんが、がらがら、かあああ、と外の風雨のうなりにも負けない大きな笑い声をまき散らした。両脇に立った二人の男が、苦笑いを浮かべている。

「お千香、な、何を言い出すんだ。おまえは寝ていなさい」

父ちゃんが慌てて言った。

「大丈夫だよ、父ちゃん。わっちにやらせておくれ」

お千香は父ちゃんの前の、数枚の駒札を手に取った。

「馬鹿を言うんじゃない。これは子供の遊びじゃないんだぞ」

父ちゃんはお千香のその手をつかんだ。

「痛いよ、父ちゃん」

「親分さん、年ばえもいかねえ子供で、よくわからずに言っておりやす。相手になさらねえでくだせえ」

「じゃあ父ちゃん、わっちはここに残らないといけないの。わっちは親分さんちの子供になっちまうの。父ちゃんがそうして欲しいなら、わっちは我慢するけど」

お千香は真顔で父ちゃんを見あげた。

父ちゃんの顔は真っ青になり、瘧にかかったように震え始めた。

そして、口をぱくぱくさせた。

「手を離して……常吉、六平、おまえたちの駒札もちょうだい」

常吉と六平は、二人合わせて三枚しかない駒札を這いつくばってお千香に恐る恐る差し出した。

「お千香っ」

父ちゃんは石みたいになって、それ以上言えなかった。

「感心な嬢ちゃんじゃねえか。父ちゃんのために我慢するとよ。大えしたもんだ」

親分が隣のおばさんに頷きかけた。おばさんはにやにやしている。

「けど、それじゃあ足りねえぞ。丁半博打は同じ数を張る決まりだで」

「親分さん、わっちは持ち合わせが、ひいふうみい……八枚しかないの」

「ほお、嬢ちゃんはもう数も数えられるのか。お利巧（りこう）さんだな」

お千香は「うん」と頷いた。

「だがよ、嬢ちゃんの駒札がなくなった後はどうするんだ」

「わっちはこの家（うち）に残って、親分さんの言う通りに働くよ」

親分は煙管に火を点けた。それから、

「嬢ちゃん、後で泣きべそかいちゃあ、ならねえぞ。ちゃんと、いい子で、おらの言うことを聞くんだぞ」

と、にたにた笑いを浮かべた。

「いいよ。けど親分さんも、駒札がなくなったら、わっちの言うことを聞いてね」

「ぷふう……気に入った。おら嬢ちゃんが気に入ったぜ。この勝負、受けてやる。おめえら、嬢ちゃんと差しでひと勝負するから、突っ立ってねえで座れ」

「親分、本気ですかい」

「本気だとも。べっぴんさんに勝負を挑まれて、逃げるわけにはいくめえ。べっぴんさんの腕前を見せてもらおうじゃねえか」

「お千香……」

父ちゃんが声を絞り出した。

「おめえはすっこんでな。おめえらより、頼りになる餓鬼だぜ」

がらがら、かあああ、と親分とおばさんが笑い声をしつこく揃えた。

お千香は駒札がいくらなのか知らなかったし、気にもしなかった。

いつものように駒札を全部取ればいいのだ。そうすれば父ちゃんを助けられる。

ただそう思っていた。

「父ちゃん、見てて」

お千香は言った。

父ちゃんは呆然とし、それから頭を抱えて突っ伏した。

常吉と六平は、おろおろしてお千香を見あげている。

お千香は父ちゃんと常吉六平の駒札を合わせたたった八枚を膝の前に置いて、

親分と向き合った。

両側に壺振り役と、中盆が座った。

壺振り役が、威勢よく肌脱ぎになった。肩や腕に青い彫物があった。

これが本物の丁半なのかと、お千香はどきどきした。

「こちらが丁、こちらが半。お二人さん、よろしゅうございやすか」

中盆が決まり通りに言った。

お千香が半側だった。

「入えりやす」

壺振りが壺とさいころを、親分とお千香にかざして見せた。

家の外で風が、ごおおお……とうなった。

七

「さんぴん（三一）の丁」

中盆がお千香の張った一枚の駒札をつまんで、親分の前の駒札にちょんと重ねた。

親分は煙管を咥えたなり、駒札に手も触れなかった。

お千香と目を合わせ、にかっと笑った。

お千香もにっこりとかえした。

「入えりやす」

壺振りが続けてさいころを壺に放りこんだ。

日に焼けて筋ばった長い腕が宙に舞うと、薄暗い天井に映る影が一緒に躍った。

ばらばらぽん……

お千香はさいころのささやきに耳を済ませた。

家の外の雨と風が少し邪魔だった。

けど大丈夫、聞こえる。

「さあ、張った張った」

「半」

「丁だ、しいっ」

お千香が駒札を一枚張り、親分が駒札に手を触れず奥歯を鳴らした。

「しぞろ（四四）の丁」

中盆がお千香の札をつまんで親分の駒札の上へまた重ねた。

駒札は三枚になったが、親分は手を触れないままである。

三度目は「ぞろ目の丁」だった。

常吉が、「ああ」と情けない声をもらした。

お千香の駒札は残り五枚になった。

「嬢ちゃん、一枚一枚、張っていくのけ。それじゃあ夜が明けちまうぜ」

親分が煙管の煙を気持ちよさそうに吐いた。

「仕方がないよ。丁しか出ないいんだもの」

「丁が出るか、半が出るか、壺を開けるまではわからねえだでな」

「開けなくてもわかるよ。丁か半か、さいころの音で……」

「音で？」

親分の剝き出した歯が、蠟燭の明かりにいっそう黄色く染まった。

「音を聞けば、壺を開けずに丁半わかるのけ？」

「うん」

最初に、ぷっ、と吹き出したのは中盆だった。

それから壺振りが笑い出した。

親分は長い顎をゆらゆらとゆらし、年増は鉄漿を剝き出して白粉の斑になった手を叩いた。

壺振りはおどけて、壺にさいころを入れ嘲笑を浮かべつつ耳の側で振って見せた。

父ちゃんは突っ伏したままで、常吉と六平も顔をあげられない。

誰もお千香の言うことを真に受けなかった。

音を聞いただけで壺の中の丁半がわかるなどと、誰が真に受けるだろう。

常吉や六平でさえ、確かに船着場の碁石を張った丁半ではお千香に敵わないし、お千香は不思議に丁半の出目を当てるけれど、それは当て推量で当たっているだけだと思っていた。

誰にもそんなことができるはずはないのだ。けれども、

「本当だよ。振ってごらん」

と、お千香は白い頰をぽっと赤らめた。

壺振りはおかしいのを堪え、壺とさいころをかざした。

「へ、入えりやす。ぐふふっ」

四度目の勝負。

ばらばらぽん、と壺が置かれた。

「おめえ、さっさと張りな」

中盆は、やってられねえぜ、といった素振りだった。

「嬢ちゃん、丁半どっちだ」

親分が目をちぐはぐにして訊いた。

「これはしそう（四三）の半だよ」

お千香は残りの五枚を全部張った。

「しそうの半で勝負にきたか。がはは……それで負けたら終わりだで。丁」

親分は四枚重なった駒札に新たに一枚を乗せ、黄色い歯を剝いた。

常吉と六平が壺を睨んで震えていた。

父ちゃんは頭を抱えて、盆茣蓙を見ていない。

「勝負」

壺振りが壺を払った。

さいころの目は四と三である。

「しそうの半」

と、中盆が言った。

「はあ……」

親分が口をわざとあんぐりさせて、お千香を見た。

常吉と六平が安堵の溜息をついた。

中盆は馬鹿ばかしいという様子で、親分の駒札をお千香の駒札の横に並べた。

駒札は十枚になった。

ねえ——と、お千香は常吉と六平へ得意げに見かえった。

「当たったな、嬢ちゃん。ついてるじゃねえか」

親分が、しいっと奥歯を鳴らした。

年増がにやにやした。

「だから言ったでしょう。はい、振って」

お千香は肌脱ぎの壺振りを促した。

壺振りはお千香を睨んだ。二、三度首を振り、

「入えりやす」

と、壺とさいころをかざした。

天井に映る影が躍って、ぼそっと壺を置いた。

「張った、張った、張った」

中盆が言った。

「これも半だよ。しっち（四一）」

お千香は十枚全部を張った。

「丁」

親分は笑っている。

頼む、と呟いたのは常吉だった。

「勝負」

壺を払う。

「しっちの半」

お千香が親分を見あげ、ふふ……と笑った。

中盆が十枚の駒札をお千香の駒札に並べる。

壺振りは唇を噛み締め、それから首をひねった。

「ようござんすか。入えりやす」

手際も鮮やかに壺にさいころを投げ入れる。

壺の中でさいころがはじけ、盆茣蓙にはずむ。

お千香は耳を澄ませた。

そのとき、壺振りがさいころの目を変えるようにさっと横へ動かした。

ああ――お千香は壺振りを見あげた。

壺振りがせせら笑った。

お千香は束の間目を閉じ、考えた。

しかし二十枚に増えた駒札をまた全部張った。

「これはぐにの半さ」

「丁」

親分が、かちゃっと駒札を置いた。

「勝負」

ぐにの半――続けて三度半が出た。

「よしっ」

と、常吉が小さく拳を作った。そしてお千香の傍らにきて、駒札をお千香の膝の前に寄せるのを手伝った。

駒札はさらに倍にふくらんだ。

親分は笑みを消さなかったが、隣のおばさんが顔をしかめた。

片膝を立て、お千香を睨んだ。

「ぐずぐずするんじゃないよ。次、振りな」

と、訝しげに出目を見ている壺振りを叱り付けた。

「へえ、ようござんすか、入えりやす」

壺振りが壺を振った。

ばらばらぽん。

壺振りが唇を歪め壺をわずかに動かした。

壺の中のさいころが動いた。

「あ、また」

壺振りが壺から手を放し、白ばっくれて両手を広げた。

外でうなっていた風雨が、静かになった。

「張ってくだせえ」

中盆が即座に言った。

お千香は考えた。それから、

「半」

と、一枚の駒札をそっと置いた。

「そ、そうだなお千香。仕方ねえな。今度は、ちち、丁なのか？」

常吉と六平がそわそわしている。

二人はお千香のさいころの音を聞く力を信じ始めていた。

「丁」

と親分が駒札一枚で受けた。

ところが、年増が駒札を両手で持ってその上へがしゃがしゃと投げた。

「これも丁だよ。ふん」

「半ないか半ないか」

中盆がすかさず言った。

お千香は唇を嚙み締めた。

「お千香、ど、どうする」

常吉がささやいた。

年増と壺振りと中盆がにやついた。

けれども親分は笑みを消し、お千香がゆっくり駒札を揃えるのを見守っていた。

お千香の前には六枚の駒札しか残らなかった。

すると年増が、

「残りも張っちまいな。餓鬼の遊びはお仕舞いだ」

と、六枚の駒札を投げ足した。

「そ、そんな、ひでえよ」

常吉が声を震わせ、責めた。けれど、

「甘えんじゃねえ。とんちき。勝負なんだよ」

と、年増に激しく言いかえされ、肩をすぼめた。

「さあ、残り六枚、張った張った」

中盆がお千香をせっついた。

お千香は黙って駒札を置いた。

「揃いました。勝負」

壺振りが二の腕まで彫物をした長い腕を伸ばした。

六平が掌を組んで祈り、常吉は壺を睨んでごくりと喉を鳴らした。

壺が開いた。

出目は五と四。

わああ——常吉と六平が歓声をあげた。

お千香の後ろで肩を叩き合った。

年増がお千香を恐い顔で睨んだ。

お千香は目をぱちくりさせた。

「ぐしの半」

中盆の声がかすれた。

「こ、この餓鬼ゃあ、妙な小細工しゃあがって」

きいいっ、と年増は金切り声をあげた。

「こ、小細工なんかじゃねえよ。そっちが勝手に張ったんじゃねえか。親分さんそうでしょう。中盆さん、駒札をお願え、お願えしやす」

常吉が声をはずませた。

「お、親方、お千香がやりました、やりましたよ」

六平が盆茣蓙を見ていない父ちゃんの肩をゆすった。

父ちゃんが顔をあげると、中盆が親分の駒札をお千香の前へざざあっと滑らせるところだった。

親分の駒札はわずかになり、常吉は興奮してお千香の駒札を積み重ねていた。

すると親分が、黄色い歯でがりっと煙管を嚙んだ。

「おめえ、大えした度胸だ。おら驚いたでよ。こんな餓鬼を見たのは初めてだ。

けどよ、勝負はこれからだ。お蔵、駒札持ってこい」

と、年増に命じた。親分の笑みはもう消えていた。

年増が銭箱をがたっと置いた。

「壺振れっ」

親分が腹の底から声を張りあげた。

激しい怒りで、大きな顔が土色に変わっていた。

壺振りが額の汗を手の甲で拭った。

壺を振った。

さいころが壺の中で跳ねた。

「張ってくだ……」

中盆が言い終わる前に、

「丁っ」

と、親分が年増の持ってきた駒札を全部置いた。

「全部で勝負だ。おめえも全部できな」

親分がお千香に凄んだ。

「親分さん、いつまでやるの。わっちはもういいんだけど」

　お千香が微笑んで訊いた。

「餓鬼が。怖気付いたか。おらがもういいと言うまでよ」

「親分さん、米を、米を差しあげます。勘弁してくだせえ。あっしらが、間違っておりやした。どうぞ、ご勘弁を、お願いいたしやす」

　啓次郎がうずくまって親分に掌をすり合わせた。そして何度も頭を盆茣蓙にすり付けた。常吉と六平は、親分の凄みに凍り付いていた。しかし、

「半」

　と、お千香が言った。

　中盆と壺振りが目を丸くした。啓次郎も、常吉と六平も年増も親分も、お千香をじっと見つめた。

「勝負だあ」

　壺が開いた。

　出目は一六の半である。

　中盆が動かなかった。

「持っていきやがれ」

　親分が叫んだ。

中盆が顔をしかめ、駒札をお千香の方へ押しやった。

駒札はお千香の前でがらがらと崩れたが、常吉も六平も親分の目に怖気付いて手を出せなかった。

「振れ」

「おまえさん、駒札が足りないよ」

年増が言った。

「うるせえ。足りなきゃあ銭っこ出せ」

「けど、おまえさん……」

「おらがやれっつったらやるだで。壺振れっつってるだろう」

「へ、入えりやす」

壺振りが壺を振った。

ぽろぽろぽろ……

「丁っ」

中盆が言う前に、親分は銭箱から銀貨や銭を大きな手でひとつかみ、二つかみ、三つかみまでして盆茣蓙へ重ねた。

数枚の銭がころころと盆茣蓙を転がった。

もう丁半勝負ではなかった。

親分はお千香からすべてを取りあげるまで張り続ける、それだけだった。

中盆や壺振りや年増でさえ、親分を怒らせたら手が付けられないと知っていた。

「お千香、もう止めろ、親分さんにお詫びしろ」

父ちゃんがおろおろしながら言った。

半。

お千香は言った。

八

そのときそこでは何かが起こっていた。

それは得体の知れない、その丁半勝負を見守った誰にもわからず、差しで張り合った親分とお千香にもわからない、無気味で恐ろしく、そして神々(こうごう)しくさえある何かが起こっていた。

家の外ではいつしか嵐が収まって、耳を覆うほどの椋鳥(むくどり)の鳴き声が渦巻(うずま)いていた。

夜が明けかかっている。

「勝負。しそうの、ははは、半」

中盆の声が震えた。

「おまえさん、もう止めておくれ」

年増が叫んだ。

壺振りが荒い息をついていた。

しかし親分は物の怪に憑かれたように、

「丁」

と張り続け、そして半が出続けたのだった。

丁は出なかった。

次も、その次も、そのまた次も……

なぜだ。なぜ半しか出ない。

夥しい椋鳥のざわめきが聞こえている。

常吉と六平が天井へ怯えた目を投げた。二人は、

「半」

と言うお千香の声を聞いた。

五と二の出目が見えた。

常吉と六平は震えた。

張り詰めた糸が切れたのは壺振りだった。

「てめえっ。ざけんじゃねえ」

と叫び、壺とさいころを叩き払った。

壺が盆茣蓙に転がり、さいころが飛び散った。

彫物をした長い腕が蛇のようにお千香へ襲いかかった。

わあっ、とお千香は啓次郎の陰に隠れた。

「止めろ」

啓次郎が壺振りの前に立ちはだかった。

「どきゃあがれ」

壺振りが啓次郎に拳を浴びせ、啓次郎は盆茣蓙へ仰向けに倒された。

「父ちゃんっ」

すがるお千香の首筋を壺振りがむんずとつかむ。

いたあい――お千香は悲鳴をあげた。

常吉と六平がお千香を助けようと、壺振りの腕と首筋へ慌ててつかみかかる。

その二人の背中へ中盆が蹴りと拳を降らせたから、二人は、襖を突き倒して隣の座敷へ飛ばされた。

蠟燭台も倒れ、蠟燭の炎がころころと畳の上を転がっていく。

壺振りはお千香の首筋をつかんで、軽々と持ちあげた。

「化けもんがあ。圧し折ってやる」

壺振りが怒声を響かせた。

お千香は空中で手足を空しく泳がせた。

気が遠くなった。

次の瞬間、「わっ」と壺振りは叫び、お千香を落とした。

壺振りへ飛びかかった獣が、手首に噛み付いたのだった。

壺振りは腕を激しく振り廻して、獣を払い飛ばす。

飛ばされたのは仙太だった。

仙太は部屋の壁にぶつかり尻餅を付いた。それでも、

「お千香、逃げろ」

と、畳に伸びているお千香に叫んだ。

啓次郎がふらふらと起きあがり、壺振りを後ろから羽交締めにした。
「止めてくれ。頼む、止めてくれ」
啓次郎は喚きながら、壺振りをお千香から引き離しにかかった。
「糞があ」
中盆が啓次郎の横腹をしたたかに蹴りあげた。
身体がくの字によじれ、さらにもうひと蹴り浴びせられた。
啓次郎は座敷から縁廊下へぶっ飛び、廊下に立てた板戸に衝突した。
ばたん……
板戸がはずれ、板戸と一緒に「ああっ」と庭へ落ちていく。
庭は白々と夜が明け、霧雨が鉛色に煙っていた。
風はなく、庭の一画の糸瓜畑と竹林が見えた。
椋鳥の群がる鳴き声と湿った涼気が、座敷へ流れこんだ。
誰もが息苦しさから、束の間、解き放たれた。
啓次郎がもがきながら縁廊下へ這いあがろうとしている。
「お千香に、手を、出すな」
と、声を絞り出した。

「てめえから、ぶっ殺す」

中盆が啓次郎の方へいきかけた。

そのときだ――

「父ちゃんをいじめるのは、わっちが許さない」

そう言ったお千香の目が光った。

中盆は一瞬、ぞっとした。

お千香が啓次郎をかばうように縁廊下に立ち、中盆と向き合ったのだ。

両足をしっかりと踏み締め、両手を広げて木葉(このは)のような掌(てのひら)を開いた。

小さな大の字が、中盆へ大きく身構えた。

中盆は薄ら笑いを作り、お千香へ踏み出した。

「わっちが許さない」

次の瞬間、がたがたがた……と家が震え始めた。

あたりが急に暗くなった。

すると中盆は、庭で大きな黒い渦が巻いているのを見た。

何だ、と思った。

刹那、真っ黒い巨大な渦が家をゆるがして飛びこんできた。

じゃらじゃらじゃら、じじじじじ……

飛びこんできたのは、黒い渦を巻く夥しい椋鳥の群れだった。

中盆は悲鳴とともに渦に巻きこまれ、吹き飛ばされた。

巨大な黒い渦は同時に、手を振り廻す壺振りを薙ぎ倒した。

それから障子を突き破り、襖を倒し、壁にぶつかり、天井をゆるがせ、盆茣蓙の駒札や銭をまき散らし、蠟燭の火を吹き消した。

廊下を伝い、壁や板戸や柱に衝突を繰りかえし、手当たり次第に家具調度を破壊し、棚を落とし、食器を割り、無気味な奇声をあげながら家中を舐めつくした。

じゃらじゃらじゃら、じじじじじ……

住みこみの雇い人やまだ目覚める前の宿泊客らの悲鳴や逃げ惑う足音が、家のあちこちで轟いた。

誰もが頭を抱えてうずくまり、黒い渦の暴虐がすぎ去るのを待つしかなかった。

無数の傷を受けて転がる中盆も、薙ぎ倒され呻く壺振りも、常吉も六平も仙太も、そして啓次郎もだった。

だがそのとき常吉と六平と仙太らは、親分と年増が手をすり合わせ、

「ご勘弁を、ご勘弁を……」

と、祈っているのを見た。

そして、黒い渦巻きに守られて、四肢(しし)を大きく広げたお千香が、着物の袖やがっそうの髪を風になびかせながら、ひとり縁廊下に立ちつくしているのを、頭を抱えた腕の間から恐る恐る盗み見たのだった。

九

可一は花川戸の自身番を出て、人情小路に下駄を鳴らした。

人情小路を東に抜け、夕方の浅草川の堤へ出た。

桜並木の間から川の上流を眺めると、青空の残った空の下に川越平田が見えた。

三人の船子らが棹を使い、艫には舵取り棒を取る啓次郎さんとお千香らしき姿が認められた。

無事でよかった——可一は、ほっと笑みを浮かべた。

花川戸の船着場へ眼差しをかえした。

大川橋袂の船着場には何艘かの川船が舫っていて、桟橋に人だかりがあった。

船問屋の武州屋さんの旦那さんと手代、啓次郎さんがお千香と住む裏店の五郎治さんお滝さんの家主夫婦、それに裏店の隣近所の人々だった。

荷おろしをする人足らが、船が着くのを待っていた。

お休み処の志ノ助さんも堤に立って、啓次郎さんの船を眺めていた。

可一は船着場へ向かった。

昨夜は激しい風雨に見舞われた。

昨夜の嵐は武州にも吹き荒れたと、昼ごろ、船着場に着いた舟運の船頭らが話していたらしい。

昼前には花川戸へ戻ってくる手筈の啓次郎さんの船が、戻ってこなかった。

いくら穏やかな川でも、昨夜の嵐では危ない。

啓次郎さんは腕の確かな船頭だから嵐がすぎるまで船出を見合わせたのだろう、と武州屋の旦那さんらは言い合っていたけれど、それでも昼をすぎ夕方近くなると心配になって、船着場に集まり船の戻りを待ちわびた。

大山詣から戻ってきた五郎治さんお滝さん夫婦は、啓次郎さんの船で川越へいったお千香の身の上が気がかりでならない様子だった。

昼すぎから船着場へ何度も顔を出し、居ても立ってもいられないふうだった。

船が堤を歩く可一に並びかけ、川面を滑った。

艫のお千香が可一を見付け、手を振った。

「かっちゃあん」

お千香の呼び声が川を越えてくる。

可一も手を振りかえした。

「お千香、けいちゃん、心配したよ」

可一が声をかけると啓次郎さんは、すまねえ、と言うみたいに軽く手をあげた。

船が追い越していくのに併せて、可一は軽やかに駆けた。

船が桟橋へ横付けし、船子の常吉や六平、見習いの仙太らが綱を杭に括り付けたり、荷物の縄を解いたりし始めた。

みな疲れた顔をしていて、それがいつもより締まった顔付きに見えた。

武州屋さんの軽子らが早速船荷の米俵を運びにかかった。

お千香が真っ先に桟橋へ飛びおりて、お滝さんの膝に抱き付いた。

「ただいま。おばさん、お土産買ってきてくれた？　わっちはね、父ちゃんの仕事を手伝っていたから買う暇がなかったの。ごめんね」

お滝さんはお千香を抱きあげた。

「お千香にも父ちゃんにもお土産を買ってきたよ。父ちゃんの仕事を手伝ったのかい。そうかい、偉かったね」

「うん。けどね、とっても面白かったんだよ。後で話してあげるね」

お千香が明るい笑顔を船着場にまいた。

そうして、堤の上のお休み処の志ノ助さんに手を振った。

啓次郎さんは桟橋へおり、武州屋さんに腰を折った。

「遅れて申しわけありやせん。夕べの嵐で福岡河岸に足止めを食っちまいやした。ご心配かけやした」

「つつがなく米を運んでくれたんだからそれでよかった。無理をしちゃあいけない。本当にご苦労だった。みんなもご苦労さん。ゆっくり休んどくれ」

武州屋の旦那さんは船子らにも声をかけた。

へい、どうも、と船子らは頭をさげて船の仕事にかかっている。

常吉や六平には、なぜかひと旅を終えて戻ってきた明るさがなかった。

普段はもっとはしゃいでいるのに。

啓次郎さんは心配して船着場に集まっていた隣近所の住人に礼を言っていた。

「けいちゃん、夕べの嵐は大変だったかい」

可一は啓次郎さんの背中に言った。

啓次郎さんは可一へ見かえり、寂しげに笑った。

「まあな」

「相当疲れたみたいだね。夕べは寝てないのかい」

「元気がなさそうに、見えるか」

「いつもはみんな、もっとはしゃいでいるのにさ」

啓次郎さんは軽子が荷を運ぶのを見守った。

可一は、嵐から船荷を守る仕事と、そのうえに、幼いお千香を連れていった気苦労が重なって疲れたのだろうと思った。

お千香だけが元気だった。

五郎治さんとお滝さんに手を引かれ、隣近所の住人らと雁木をのぼっていく。

お千香は楽しそうにお喋(しゃべ)りをしている。

堤の上で、お休み処の志ノ助さんとも言葉を交わした。

志ノ助さんが笑った。

「いいなあ。お千香がいると、船着場がぱっと明るくなるもの」

可一は堤をゆくお千香を見つめて言った。

お千香の頭上に夕焼の空が赤く染まっていた。

「おれには、すぎた子かもしれねえな」

「え？」

振りかえると啓次郎さんは薄っすらと微笑んで、やはり堤をゆくお千香を見ていた。

「おれなんかにはさ……」

啓次郎さんはまるで自分に言い聞かせるみたいに、ぽつんとそう言った。

一膳飯屋《みかみ》の腰高障子を開けて、仙太が勢いよく飛びこんできた。

「親方、お千香が親方を探してますぜ。親方」

仙太は啓次郎の丸い背中へ言った。

啓次郎は卓に両肘を付き、冷酒のぐい飲みを手にしてうな垂れていた。

何やら思案にくれているみたいにも、昼間から酔っ払っているみたいにも見えた。

「親方あ、船が出ちゃいますよ」

仙太は言ったが、啓次郎の背中は応えなかった。

調理場から吉竹が顔を出して啓次郎に言った。

「けいちゃん、いかなきゃあだめじゃないか」

啓次郎は顔をおもむろにあげて、ふん、と笑った。

「別にいいのさ。面倒だからさ」

笑みを作って言い、ぐい飲みを舐めた。

「仙太、おめえ、お千香に達者でなと、伝えといてくれ。父ちゃんがそう言ってたってな……」

「ちぇ、しょうがねえな。いいんすね、それで」

すっかり船子らしさが板に付いた仙太は、しぶしぶと店を出ていった。

啓次郎は動かなかった。

吉竹は啓次郎の様子をじっと見守っていたが、何かを察したのか、

「じゃあまあ、けいちゃん、ゆっくりやっていきな」

と、冷の徳利を啓次郎のぐい飲みに差した。

啓次郎は、ただ二度三度頷いただけでそれを受けた。

昼をすぎたみかみに、客は啓次郎ひとりだった。

仙太が開けたままにした表戸の向こうに、浅草川の堤と、枝葉の繁(しげ)りも少し色(いろ)褪(あ)せて感ぜられる桜の木が見えていた。

「もう秋なのにさ、暑い日が続くね、けいちゃん」

吉竹が店の外を眺めて言った。

啓次郎はやっぱり応えなかった。

七月の秋になっていた。

お千香が、亡き母親お綱の実家にもらわれていくことになった。

お千香が乳呑児(ちのみご)だったころに亡くなったお綱の実家は、芝で老舗(しにせ)の菓子問屋を営む裕福な商人だった。

家業は叔父夫婦が継いでいて、お千香は隠居(いんきょ)をしている祖父母と幾つも部屋のある大きな家で暮らすことが決まっていた。

祖父母は、亡き娘お綱と生き写しの孫のお千香を愛(いとお)しみ、以前からお千香をもらい受けたいと啓次郎に申し入れていたが、啓次郎は、

「お千香はあっしが立派に育てて見せやす」

と、祖父母の申し入れを拒(こば)んでいたらしかった。

花川戸のお千香がいなくなるらしいぜ。

舟運の船頭や船子らの間で、そんな噂が流れ始めたのは十日ほど前からだった。

ええ？　じゃあ花川戸はどうなっちまうんだい。啓次郎さんはあんなに可愛がっていたお千香を、手放すのかい。

啓次郎がなぜお千香を手放す気になったのか、そのわけを知っている者はごくわずかしかいなかった。

船着場には家主の五郎治さんお滝さん夫婦、裏店の住人、お千香と親しい船頭や船子、常吉と六平と仙太、それに可一が見送りにきていた。

お休み処の志ノ助さんも、桟橋におりてきて見送りの中にいた。

お滝さんは殊のほか悲しんで、啓次郎がお千香を手放すならうちがもらいたいと泣いたけれど、お金持の実の祖父母に引き取られ何不自由ない暮らしをするのだから、それは詮(せん)ないことと諦めざるを得なかった。

「けいちゃんは何をしているんだい」

可一はみかみから駆け戻ってきた仙太に訊いた。
「だめだ。親方、酒呑んでやす」
常吉と六平が、それを聞いて唇を噛み締めた。
可一には、見送りにこない啓次郎の気持ちが少しわかるような気がした。
見送りの人々の中をお千香は迎えにきた祖父母と一緒に艀に乗って、みなに
「じゃあね」と手を振った。
「お千香、元気でな」
可一は言った。
「うん。かっちゃん、お土産を買ってくるからね」
お千香は無邪気に言った。
艀の船頭が船を桟橋から離した。
お千香、お千香……
お滝さんは言葉にならず、ぽろぽろと涙をこぼしながら手を振った。
そのとき、常吉と六平と仙太の三人は、桟橋に立ってお千香へ掌を合わせた。
そして、まるで神に詣でるように柏手を打ったのだった。
「常吉、六平、仙太、父ちゃんの言うことをちゃんと聞くんだよ。帰ってきたら

丁半しようね」

青空の下でお千香の笑顔は、きらきらと神々（こうごう）しいほどに輝いていた。

その神々しいほどの輝きに包まれた艀は、浅草川を静かにくだり、大川橋をするするとくぐっていった。

第三話　初恋

一

その七月の朝、花川戸の手習い師匠高杉哲太郎は、手習い所の子供らと一緒に向島三（み）めぐり稲荷（いなり）より秋葉山（あきばさん）の秋葉神社へたどる田畦（たのくろ）を廻（まわ）り、陸田や水田の秋の実りを子供らと実見した。

田畑を廻った後は、秋葉神社から中之郷村の野道で、ねこ萩（はぎ）、おとぎり草、女郎花（おみなえし）、秋の野芥子（のげし）などの摘草（つみくさ）を一刻（いっとき）楽しんだ。

夏の名残（なごり）の日差しはまだ厳しいが、青空に秋の薄雲（うすぐも）がたなびくのどかな朝だった。

花川戸の裏店（うらだな）で手習い所を始めて七年、手習い師匠も板に付いた高杉がひきいる子供らは、十二、三歳の前髪のある男児や娘を思わせる童女から、七つ八つのあどけなさの残る幼童ら十数人、みな花川戸と山之宿町内の商家や職人らの子弟だった。

昼九ツ（正午頃）近く、高杉と子供らは片側に水戸家下屋敷の土塀が長々と続く道を浅草川へと散策し、川堤に出ると南へ折れた。

川向こうに花川戸の町並を眺めつつ水戸家下屋敷の長屋門前をすぎ、短い坂を下って北十間川（きたじっけんがわ）の源兵衛橋（げんべえばし）を渡れば、青空の下の浅草川に大川橋とも呼び慣らわされている吾妻橋が架かっている。

高杉と子供らが、中之郷からその吾妻橋に差しかかったときだった。

西方浅草広小路より、網代（あじろ）の引戸に黒漆黒鋲（くろうるしくろびょう）打ちの御忍駕籠（おしのびかご）が、二名の徒士（かち）を前に立て、表使いの女中と中間（ちゅうげん）らを従え橋を渡ってくるのが見えた。

いき交う人々が左右に行く手を開く中、貴人（きじん）を乗せたと思（おぼ）しき網代は黒看板の陸尺（ろくしゃく）が担いで微行（びこう）しながら、なだらかに反（そ）った橋をのぼってくる。

常州は下館ご家中の乗物らしいことを、高杉は遠目に見て取った。

まずい――高杉は幼童を両手に引き、橋の半ばまできていた。

「みな、端（はし）に寄りなさい。無礼のないようにな」

連れだった十数名の子供らを橋の手摺りへ寄せた。そうして自らも、欄干の擬宝珠を背に月代の伸びた頭を垂れ、乗物の一行がゆきすぎるのを待った。菅笠に袴の股立ちを取った前をゆく徒士は、鼠の麻の単と粗末な綿袴に二本を帯びた浪人風体の高杉に居丈高な一瞥を投げたが、すぐに通りすぎて、それからかすかに軋む乗物が高杉の前に差しかかった。

高杉は見咎められぬように顔を伏せ、陸尺や乗物の脇に添う女中の白足袋と草履の足元が橋板を踏んでゆくのをじっと見ていた。

そのとき、網代の引戸から、ふうっとこぼれ出るほのかな香の薫りを嗅いだような気がした。

うん？

高杉は計らずもその薫りに心が乱れた。

思いもよらず、淡く遣る瀬ない、そして物悲しい心覚えがあふれかけた。けれどもその心覚えは、しがない手習い師匠の脳裡に束の間の波紋を描いたものの、乗物が通りすぎてゆくとともにたちまち消え去った。

高杉は頭をもたげ、

「未熟な……」

と、自嘲しながら乗物の一行が橋をくだってゆくのを見送った。

それから初秋の青空を見あげ、自嘲すらを振り払い、

「さあ、いこう」

と、努めて明るく子供らに振る舞った。

「先生、あの御忍駕籠に綺麗なお方さまが乗っていましたね」

列の後ろの年嵩の子が、ませた口調で幼童の手を引いてまた歩み始めた高杉の広い肩に言った。

「お駕籠の中のお方さまを、見たのか」

高杉は年嵩の子を肩越しに見かえり、きりっとした大きな目と情けなさそうな八の字眉に、のどかな笑みを浮かべた。

「そうなんですよ。お駕籠の窓をちょいと開けて、お方さまがあっしをご覧になって笑ってくだすったんです」

「そうか、お駕籠の窓を開けてな」

「そしたらね、いい匂いがぷうんとしましてね。あっしは胸がどきどきしてしまいましたよ」

高杉は、からからと笑い声をまいた。

年嵩の子のませた物言いは、心なしか得意げでもあった。

手習い所の高杉を見知っている通りがかりが、「高杉先生、こんにちは」と挨拶を寄越（よこ）し、高杉も「はい、こんにちは」と会釈をかえした。

向島の高級料亭へ客を運ぶのか、裕福そうな男らを乗せた屋根船が吾妻橋をくぐって浅草川に波を蹴立てて漕（こ）ぎのぼっていった。

橋の袂（たもと）の花川戸の船着場には舟運（しゅううん）の平田船（ひらたぶね）や艀（はしけ）、漁師舟が舫（もや）っていて、川越平田の船頭啓次郎が、艫（とも）の舵（かじ）取り棒に凭（もた）れて煙管（キセル）を吹かしていた。

啓次郎は子供たちを引き連れ橋を渡る高杉を見付けると、「やあ」というふうに煙管をかざした。

「啓次郎さん、川越から戻ったのか」

高杉は歩みながら、船着場の啓次郎へ声をかけた。

「へえ。さっき戻って荷をおろし、ひと休みしてたところでさあ。先生はどちらへ」

「田畑の実り具合の実見に、子供たちと向島へいってきた。余りに気持ちがよかったので、戻りは摘草の寄り道をして遅くなってしまった」

「確かに暑さがやわらいで、これからいいころ合いでやすからね」

「まったくだ。教場の読み書き算盤（そろばん）だけでは習えぬものが秋の野には沢山ある」

「なるほど……」

そう呟（つぶや）いて寂しげに笑った啓次郎に、高杉は、「またな」と笑みを投げた。

啓次郎がひとり娘のお千香を手放したことは、花川戸で知らない者はいない。

高杉が花川戸に住み始めてしばらくして、啓次郎お綱夫婦にお千香が生まれた。

母親のお綱が乳呑児（ちのみご）のお千香を残し急な病で亡くなった後、啓次郎はお千香を負ぶって船頭稼業にいそしんでいた。

高杉はそんな啓次郎の父親振りを、自分の身と較（くら）べて見ていたものだった。

歳月は流れ、あの可愛（かわい）らしくて賢いお千香が一年もすれば手習い所に通う年ごろになっていた。

啓次郎にお千香を手放す決心をさせたどんなわけがあったのだろう。

高杉は知らないし、訊（たず）ねもしなかった。

人の抱える事情は様ざま、一寸先は誰にもわかりはしない。

ただ高杉は、お千香を手放した啓次郎の気持ちを、自分の身と重ね合わせて切なく慮（おもんぱか）っただけだった。

「先生、それとね」

年嵩の子が高杉の背中に言った。

「なんだい」

と、高杉は振りかえらずに橋をくだっている。

「お方さまが小窓から先生の方をね、じっとご覧になっていましたよ。もしかしたらお駕籠のお方さまは、先生をご存じだったかもしれませんね」

子供らが、へえ、と感心した声をあげた。

貧しい裏店の手習い師匠が、網代のお駕籠に乗るほど高貴なお方さまとお知り合いかもしれないという推量は、子供らには物珍しいのだろう。

「そんなお知り合いは、いないがな……」

と、おどけた風情で応えた。

高杉は吾妻橋西詰めから雷門へ続く、浅草広小路の人出を眺めていた。

まさか——その風情とは裏腹に、思っていた。

おそらくは奥務めお女中のお駕籠で、偶然、この吾妻橋を通りかかっただけにすぎなかろうが、念のため頭を深く垂れて顔を見られぬように配慮した。

けれども万が一、ということもある。用心をせねば、とそう心を引き締める気配りに高杉は少し疲れを覚えた。

下館を出て七年の江戸暮らしの間、藩の顔見知りと出会ったことは一度もなかった。

さすがに江戸は広い。

高杉自身、今では知り合いの顔をぼんやりとしか思い出せないほどだった。

たとえ、道で見知っていた者に出会ったところで、七年の浪人暮らしに逼塞したおのれのうらぶれた風体に相手も気付くわけはあるまい。

と思いつつ、用心に用心を重ね心を研ぎ澄ませてすぎた七年は、一方では安らぎとてなく、おのれの払拭できぬ未練たらしさに改めて気付かされた、滑稽なほど空しい歳月でもあった。

わたしは何をしている、と高杉は繰りかえし思い、これがおのれのこの世にある定めなのだ、と繰りかえしおのれに言い聞かせ堪えてきた七年だった。

それが、ふっと嗅いだ香の薫りごときで心乱されるとは、歳月はおのれを鍛えたのか、それとも衰弱させたのか、高杉にはわからない。

ふん、と高杉はおのれを嘲笑った。いずれにしても、

「未熟な……」

と、高杉が再び呟いたとき、御忍駕籠の一行は吾妻橋の東方、中之郷町へ渡ったところだった。

常州下館藩石川家の奥仕え、松姫さま介添役老女お紀和さまを乗せた御忍駕籠の一行は、主家菩提寺の下谷廣徳寺へご代参の後、浅草から吾妻橋を渡り、横川の東堤に長屋門を構える下屋敷へ向かう途中だった。

吾妻橋を渡り切るまでお駕籠の小窓は開いたままだったが、やがて昼の眩しい光を照りかえす浅草川の水面が見えなくなると、お駕籠の暗がりの中から伸びた白く長い指が、小窓をそっと閉じるのが認められた。

二

それから数日がたった。

花川戸の南北に延びた表通りと、山之宿町との境を東西に通る横町、通称人情小路が交わる四つ辻に設けた最合の自身番に、書役の可一は朝から詰めていた。

六月がすぎて七月の秋になり、今年もはや残り半年になった。

このごろ、ときがたつのが早く感じられていやになる。

七月に入って、可一は二十坪ひと小間の町入用の算盤勘定に取り組んでいた。

先だって、町役人の重左衛門さんに、

「今年六月までの、町入用の出入り勘定をひとまとめにしといてもらえるかい。次の五人組の寄合で、今年の手立てを少し変える談合をするのに要るんでね」

と言われていた。

先月末の嵐で、町内の楓の老木が折れてどぶ板を破損した。

その修繕と、これまでに傷んでいたほかのどぶ板もついでに直す話が出て、それにかかる費えの手立てを講ずる談合だった。

町入用とは、年三度の公役銀、名主役料、水銀、鐘役、鳶人足捨銭、木戸番入用、自身番入用、祭礼入用、道造入用など、二十数項目にわたる費えのための負担金であり、負担するのは家持および地主である。

名主および家主の町役人が町入用を集め、使い道を決める。

自身番は町役人がその執務に当たる会所の役目を持つ施設でもあり、書役は執務の助手に雇われた町役人の使用人の立場になる。

可一が町入用の明細を清書しているところへ、店番の金物屋の三吉さんが慌てて自身番へ飛びこんできた。

「栄太郎さん、大変だ。お、表にお駕籠だ、えらい立派なお駕籠が、外に、外に」

　三吉さんが外を振りかえりつつ、指差した。

　その日の町役人の当番は栄太郎さんで、店番は三吉さんのほかに乾物屋の米助さんと筆屋の晴八さんだった。

「うん？　立派なお駕籠が、表にきているのか」

「そ、そうなんす。ちょいと出て、見てくださいよ」

　栄太郎さん、米助さん、晴八さんの後ろについて可一も障子戸の隙間から外を見ると、ちょうど黒漆に黒鋲を打った網代のお武家のものらしいお駕籠が、自身番の玉砂利の前に着いたところだった。

　黒看板の陸尺が、ぎしっとお駕籠を自身番の前におろした。

　ただ相当高貴なご身分のお駕籠らしいのに、添番の士や徒士の姿は見えず、挟箱を担いだこれも黒看板の中間と表使いのお女中がひとり、お駕籠の側に従っているばかりだった。

「本当だ。お武家らしいよ。うちに用なんだろうか」

当番の栄太郎さんが前襟や衽(おくみ)を直した。

みなもそれに倣(なら)って着物を直しながら、衝立(ついたて)を脇へ寄せ自身番の表障子を開いた。

そして、栄太郎さんを前に三人の店番、その後ろに可一が控えた。

お女中はお駕籠の引戸の側にかがんで、中の貴人と小声で言葉を交わしている。

二度三度頷(うなず)いてから、お女中は自身番の玉砂利を鳴らしてあがり框(かまち)の前に立った。

島田髷に裾に小花を散らした小袖姿の若いお女中だった。

目尻に薄く紅を差している。

一同は目を落とし、畳に手を付いた。お女中は一礼し、

「どうぞお手をおあげください」

と物静かな口振りで言った。

それから、ただ今は主家にはばかりあるゆえ名はお許しいただきたいけれども、あちらのお駕籠のお方はさるご身分の主家において長らく奥仕えをなさっておられ、決して胡乱(うろん)な筋の者ではございません、という旨(むね)の口上を述べ、そのう

えで、

「こなたさまは、花川戸町自身番の町役をお勤めの方々とお見受けいたします」

と、物怖じせぬ眼差しを栄太郎から順々に向け、一番後ろの可一にかすかな笑みを見せた。

「へへえ。仰せの通り、当自身番は花川戸町と山之宿町を管掌いたしております。わたくしはご町内五人組を相勤めます当番の栄太郎でございます。後ろに控えますのは、本日の店番の、米助、晴八、三吉、それに当自身番雇いの書役可一でございます」

　栄太郎さんがまた頭をさげるのに合わせて、みなも頭を垂れた。

「本日はわざわざのお運び、畏れ入ります。つきましては、お訪ねのご用向きをおうかがいいたします」

　お女中は頷き、「早速ではございますが」と、用件を切り出した。

「こちらの花川戸町において、高杉哲太郎と申される御仁が手習い所をお開きになってお暮らしと聞き及んでおります。お駕籠のお方は、以前、高杉さまと少々所縁がおありになり、本日は高杉さまをお訪ねするため、まいったのでございます」

え？　高杉先生……と、米助と晴八、三吉の三人がささやき声を交わした。

「高杉さまがご町内にお開きの手習い所へは、どちらにまいればよろしいのでございましょうか。おうかがいいたします」

「へへえ、さようでございますか。高杉先生は町内で手習い所を開かれ、町内の子供らに読み書き算盤を教えておられる立派な先生でございます。ただ今、高杉先生を呼びに人をやらせますので、少々お待ちを願います」

「いえ、どうぞ、そのようなお気遣いはご無用に願います。ご無礼を顧（かえりみ）ず、突然、お邪魔いたしました次第、お呼びいたすなど、とんでもございません。こちらよりおうかがいさせていただきます」

「と申されましても、ご身分あるお方のいかれるようなところではございませんが、よろしゅうございましょうか」

「何とぞ」

「ならば、うちの者がご案内いたします」

栄太郎さんは可一へ身体（からだ）を向け、

「可一、おまえ、こちらさまを、高杉先生の手習い所へご案内申しあげなさい」

と、目配（めくば）せをくれた。

「は、はい」

応えた可一にお女中がまた微笑(ほほえ)んだ。

可一は急いで衣桁(いこう)の黒羽織を羽織り、下駄(げた)を履くとき慌てて転びそうになった。

「可一、落ち着いて、粗相のないようにな」

「はい。どうぞ、ご案内いたします」

お女中は淡い笑みを浮かべたままである。口上を述べていた様子は大人びて見えたけれど、まだ十代の娘と思えるあどけなさの残るお女中だった。

小腰(こごし)をかがめてお駕籠の前へ出た。

黒看板の背の高い陸尺が、ぎしりとお駕籠を持ちあげたとき、ほのかな香の薫りが網代の引戸から漂ってきた。

奥仕えの高貴なお方さまの気配が薫りにはあった。

高杉先生とどういう所縁なのだろう、と少しそそられた。

可一は陸尺が膝を曲げて微行するお駕籠を気遣いながら、自身番から人情小路へ下駄を鳴らした。

通りがかりや表店の者らがお駕籠を珍しげに見やり、お駕籠が近くを通るとみなおずおずと頭をさげる。

お女中は慣れているらしく、可一が振りかえるたびに、いきなさい、と言うみたいに軽く頷くのだった。

人情小路から狭い路地へ入り、お駕籠は裏店の住人や遊んでいた子供らを驚かせた。

お駕籠の中から人の声は一度も聞こえなかった。

お駕籠は高杉先生の粗末な住まいの前にきて、ゆっくりおろされた。

可一は表戸に立って言った。

「先生、可一です。開けますよ」

返事はなかったが、腰高障子(こしだかしょうじ)をするすると開けた。

狭い土間に入って、先生、先生……と呼びかけた。

やはり、返事はなかった。

三畳の板敷続きに教場と住まいを兼ねた六畳間があって、襖(ふすま)は開いたままであった。

六畳間の奥の開かれた障子の向こうは濡(ぬ)れ縁(えん)と狭い庭になっていて、竹を組んだ垣根に女郎花(おみなえし)の黄色い花が咲いていた。

　そのとき、お女中が土間へ入り可一に並びかけたので、胸が鳴った。

「お留守のようですね」

「どちらへお出かけか、お心当たりはございませんか」

　白粉の匂いが可一をくすぐるようだった。

「さ、探してみます」

「かっちゃん」

　そのとき近所のおかみさんが恐縮しながら表戸に現れ、小声で可一を手招いた。

「お蕗さん、高杉先生はどちらへお出かけか……」

　おかみさんは、言いかけた可一に路地の先の《みかみ》を指差した。

「よっちゃんにお品書きを頼まれてさ、先生、みかみでやっているところだよ」

「お品書きを。そうですか」

　可一はお女中へ、

「高杉先生の居場所がわかりましたので、すぐ呼んでまいります」

　と言い残し、路地のどぶ板を踏まぬように駆けた。

　路地側にあるみかみの勝手口から振りかえると、お女中と挟箱を担いだ中間に二人の陸尺が、お駕籠の側に佇んでこちらを見ていた。

「先生、お客さまがお見えです」

可一は勝手口から調理場の土間を抜け、店土間の卓で吉竹に指示されながらお品書きの筆を揮っている高杉先生に言った。

高杉先生と吉竹が顔をあげ、よう、と頷いた。

「わたしに、客が？　手習い所に通う子の親か」

高杉先生は筆を止めて訊いた。

「違うと思います。武家の立派なお駕籠で見えられ、お女中と中間の二人だけを従えて何だかお忍びふうです。手習い所の前でお待ちです」

高杉先生は筆を傍らの硯へ置いて立ちあがり、調理場の方へいった。

「武家のお駕籠……侍か？」

「奥仕えのお方さまと仰っていましたから、ご身分の高い女性です。先生と以前、所縁があったとか」

調理場へいくと、明かり取りの小窓の障子をわずかに開けた。

その竹格子の小窓からは、路地先の角にある手習い所の前まで見通せる。

高杉先生はお駕籠とお女中らをさり気なく見やって、何か考えているふうにしばらく動かなかった。

　可一と吉竹は後ろにいて、様子を見守っていた。

「あのう、お客さまが……」

　可一は声をかけた。

　高杉先生は指先でそっと障子を閉じ、可一と吉竹の方へ振り向いた。そして、八文字の情けなさそうな眉をいっそう情けなさそうに歪めた。

　腕を組んで、「ううん」とうなった。

　可一と吉竹は顔を見合せた。

「可一さん、頼みがある」

　間を置いて、高杉先生は言った。

「お駕籠のお方さまに高杉はいないと伝えてくれないか」

「えっ？」

「そうだな、釣りに出かけて夕刻まで戻りそうもない、とでも理由を付けて」

「先生……」

　吉竹が訝しげな声を出した。

「確かに所縁のあるお方さまだ。間違いない。だが今は会えないのだ。いろいろな事情があってな。可一さん、頼む」

「いいんですか」

高杉先生は大きくゆっくり首を振った。

「いいんだ。恩に着る」

そう言って吉竹に向かい、

「さあ、吉竹さん、続きをやろう。続きを」

と、殊更（ことさら）にお品書きにこだわる素振りをした。

「今でなくてもいいんですよ、先生」

吉竹が気遣ったが、高杉先生は店土間の卓へ戻って筆を執（と）っていた。

吉竹は可一を見かえり、首を傾（かし）げた。

どんな事情か知らないが、高杉先生がそう言うのだから仕方がなかった。

「本当にいいんですね」

念を押して、可一は勝手口を出た。

お駕籠の側のお女中が、可一が路地を戻ってくるのを不審そうに見ていた。

「いかがでございましたか」

可一が言う前に声をかけてきた。

「はい。先生はもういらっしゃいませんでした。お品書きを済ませてから、釣りに出かけられたようで。たぶん、夕刻まで戻ってこられないと思います」

「あらあ、釣りにでございますか」

お女中は疑りもせず、ひどく落胆した。

その無垢な様子が、可一の胸を少し刺した。

「釣りは、どちらへ」

「浅草川だと、思うのですが」

可一は釣りはしなかった。海釣りとでも言えばいいものを、つい浅草川と言ってしまったのだ。

「浅草川とは、あそこの隅田川のことでございますね」

「は、はい。ここら辺の人は、みな浅草川と呼び慣れております」

満――と、お駕籠の中から女性の低く押さえた声が初めて聞こえた。

「はい。お方さま」

満と呼ばれたお女中が、網代の引戸の側にかがんだ。

お方さまとお女中が、引戸を隔てたままささやき声を交わした。

むろん聞き取れない。それでも声の様子から、思案にくれているのがわかって可一は気の毒に思った。

やがてお女中はお駕籠の側から可一の前にきて言った。

「そういうことなら、いたし方ございません。書役の可一さまでございましたね。可一さまは高杉さまとご懇意でいらっしゃいますか」

「それはもう。高杉先生は学問を積まれたとても優れた先生です。この町の者はみな高杉先生を尊敬しており、わたくしも様ざまに教えをいただいております」

「さようでございますか。ならば、高杉さまがお戻りになられましたらお伝えいただきたいのでございます」

承知いたしました——と可一は懸命に首を振った。

「本所の下屋敷にお紀和さまをお訪ねくださいますように、と。そう申せば高杉さまはおわかりのはずでございます。それから今ひとつ、お紀和さまからのお言葉としてお伝えくださいませ。下屋敷にお訪ねになられましても、御身に危害の及ぶことは決してございません。そのご懸念はご無用にと、必ず、必ずお伝えくださいませ」

「本所の下屋敷にお紀和さまをお訪ねする、だけでわかるのですね」

お女中は微笑みを消さず、ゆるやかに頷いた。

「それと危害の及ぶ懸念はない、と……」

「はい。よろしくお願いいたします」

お女中はそう言うと、中間と陸尺へ目配せを送った。

陸尺がお駕籠をゆらさぬように担いだ。わずかな軋みと香の薫りが路地に流れた。

「隅田川はあちらでよろしいのですね」

お女中が路地のみかみのある方を差した。

お駕籠は、浅草川の堤へ出てそこから戻るつもりらしかった。

路地を抜けた先に、堤端の桜の木が見えている。

お駕籠は、角にみかみのある路地を静かに進んだ。

可一はみかみの角まで従い、お駕籠が路地を抜けるのを見送った。

明るい午後の日が、浅草川を青々と照らしていたが、川に船は浮かんでいなかった。

川鵜（かわう）が数羽、川縁（かわべり）に黒褐色の羽を浮かべ、ぐるるうん、ぐるるうん……と、ちょっと悲しげに鳴いている。

お駕籠は堤道を吾妻橋の袂まで微行し、それから吾妻橋を渡っていった。

年若いお女中と、黙々とお駕籠を担ぐ陸尺に挟箱を担いだ中間の一行は、青空の下で却って物寂しげに映った。

可一はこのまま、お駕籠が見えなくなるまで見送ろうと思っていた。

と、一行が橋の半ばをすぎたころだった。

お駕籠が止まっておろされ、お女中が網代の引戸を開けるのが見えた。

白地に金糸の図柄の入った打掛とわかる扮装の女性が現れ、欄干の傍らに佇んだ。

橋を往来する人々が、女性とお駕籠を遠巻きに通りすぎている。

あのお方がお紀和さまか。まるで絵のような……

遠目にもお紀和さまの美しさと物寂しげな様子が偲ばれた。

そうか、不用意に浅草川と言ったので、川に浮かぶ釣り船をもしやと探しておられるのだ。うかつだった。

可一の胸が後ろめたさに、こつこつと鳴った。

三

高杉哲太郎の胸を後ろめたさがしくしくと刺していた。

紀和が訪ねてこようとは、思いもしなかった。

よくこの裏店を見付けたものだ——高杉はお品書きの筆を揮いながら思った。

数日前、子供らを連れて向島へいった。

その帰り、吾妻橋で石川家の乗物と偶然いき合わせた。高杉は計らずも、網代の乗物から漂う香の薫りに心乱された。

顔を伏せていたが、行列の中に誰ぞ自分を見知った者がいたのだろうか。

それとも、あのとき子供が言っていた乗物の中の自分を見ていたという女性が紀和だったのか。

だとすれば、紀和があのような乗物に乗る身分になっているということか。

高杉は筆を止め、溜息(ためいき)をついた。

居留守を使うなど、野暮な振る舞いである。けれども、そうする以外に何ができるだろう。おのれのなした事と七年の歳月は帰ってきはしない。

高杉に後悔はないはずだった。

おのれはとうに捨てたはずだった。妻も子も、一族の名も名誉も出世も、捨てた。おのれのなすべき事はなした。すべては侍の誇りと義ゆえだった。後は塵界(じんかい)に埋もれ朽ち果てる。侍はそれでよい。

ただとき折り、ふと思うことも事実だった。

残された者はどうなる。おのれにも違う生き方はなかったか、と。

高杉は倅(せがれ) 淳之介(じゅんのすけ)の身の上に思いを馳(は)せた。

淳之介は今年、八歳になる。

あのとき紀和に抱かれていた倅は、まだ乳呑児だった。どんな子に育っているのだろうか。父や母のことをどのように教えられているのだろうか。

倅にも、そして紀和にも、会いたい……

何を今さら、と高杉は首を左右に振った。会えるはずがなかった。

それが後悔だとすれば、何と身勝手な未練がましさだ。

そろそろ花川戸を去る算段をせねばならぬな——と高杉は考えた。

「先生、どうなさいました。筆が進みませんね」

吉竹が調理場から湯呑を二つ運んできた。

「どうも、気分を削がれた」

「そんなに根をつめないでいいんでさあ。ひと休みして一杯いきましょう」

湯呑を高杉と自分の前に、ことんと置いた。

冷酒の香りがほのかに湯呑からのぼってきた。

「ありがたい」

高杉は筆を置いて湯呑を呷った。喉が鳴った。

吉竹が高杉の身振りに、ふふ、と含み笑いをした。

「おかしいかい」

「すみません。先生が何だか、辛そうに見えたもので」

「そうか。辛そうに見えるか。やっぱり、未熟だな」

「先生が未熟なもんですか。手習い所の子供らはみな先生が大好きで慕っています。子供らの親だって心から先生を信頼していますよ。高杉先生にお任せすれば子供らは大丈夫だって。そんな先生が未熟なわけがないじゃないですか」

「吉竹さん、それは買いかぶりというものだよ」

高杉は目を細めて空中に遊ばせた。

「だって、本当のことですよ」

吉竹は微笑みながら湯呑を舐めた。

そのとき店の表で下駄が鳴った。

腰高障子が開いて、可一が顔をのぞかせた。

吉竹が振り向き、

「お客さんは、帰られたかい」

と訊いた。

うん——可一は応え店土間へ入ってきたけれど、消沈した様子が見えた。

「先生、お帰りになられました」

「そうか。済まなかったな、可一さん」

「いいんです。でも……」

「どうかしたのかい」

吉竹が継いだ。

「何だか、お気の毒でした。お駕籠のお方さまにはお目にかかれませんでしたが、お供のお女中はとても落胆していらっしゃいました。わたしもなんだか辛くって」

「かっちゃんが辛くなることはないじゃないか。どうだい、かっちゃんも一杯やるかい。今、先生と始めたとこなんだ」

吉竹が樽（たる）の腰掛から立った。

「だめだよ、こんな昼間っから。まだ勤めがあるし」

可一は拒んだが、ちょっと小首を傾げ、

「でも、一杯だけいただこうかな。なんだか、呑みたい気分だ」

と、腰掛にかけた。

吉竹が湯呑に冷酒を満たしてくると、それを半分ほど一気に空けて、ふうっ、

と屈託を解いた。

「それでね、先生。お駕籠のお方さまからお託（ことづ）けがあります。よろしいですか」

可一は高杉へ戸惑うような眼差しを向けた。

「託けか。聞こう。言ってくれ」

高杉はゆったりと身構えた。

吉竹が可一の隣にかけた。

本所の下屋敷に……

可一はお満から託った言葉を、一語も違（たが）えずに繰りかえした。

高杉は表情を変えることなく、黙って聞いていた。

「それだけです。おわかりになりましたか」

言い終えてから念を押した。

しかし高杉は応えず、頷きもしなかった。

呆然としているふうでもあり、思案にくれているふうにも見えた。

可一と吉竹は、そんな高杉を見守っているばかりだった。

「本所の下屋敷って、お家の名は仰らなかったのかい」

吉竹が心配して、可一にささやきかけた。

「たぶんお忍びのご用だから、お家の名を出すのをはばかられたんだと思う」

すると高杉はぽつりと言った。

「本所横川の、石川家だ」

それから湯吞を呷り、

「吉竹さん、済まないがもう一杯いただけないか」

と、湯吞を吉竹の前へ置いた。

いいですとも——吉竹は高杉と可一の湯吞も持って調理場へいき、冷酒を満たして戻ってきた。

「ありがとう」

高杉は新しい酒を今度はゆっくり舐めた。ひと息つき、

「わたしは常陸下館藩石川家の家士だった。藩の勘定方に勤めていた」

と、顔をあげた。

「七年前、ある事情があってわたしは罪を犯した。私利私欲のためではない。あのときはそうしなければならないと考えた末だった。お家の重役を斬った。それで追われる身となり藩を捨て、江戸へ逃げてきたのだ。江戸は初めてだったが、この花川戸でどうにか暮らしのたずきを得、七年がすぎた」

やっぱりそうか——と、可一は呟いた。

高杉先生ほどの人が花川戸で暮らしているのには、何か深い事情がありそうに思ってはいた。

「だから算盤がおできになるのですね」

「勘定方が算盤ができぬようでは、務まらぬのでな」

「関孝和の算勘の本は、わたしには歯が立ちませんでした」

可一にも吉竹にも、わからないなりに高杉が藩の勘定方として重要な役目を果たしていたことが察せられた。

「先ほどの乗物のあの紀和という女性は、わたしの妻だった。倅が生まれていた

が、人を斬る前に妻を離縁し実家へ帰し、倅はわが父母の元に残してきた。倅は今年、八歳になる。わたしが花川戸で暮らしていることを知られれば、討手が差し向けられてもおかしくはない。わたしを仇と追う者もいるだろう」

高杉は可一から吉竹へと眼差しを移した。

「花川戸を去るときが、きたようだ」

「で、でも、お満というお女中が仰ったんですよ。下屋敷にお紀和さまを訪ねられても身に危害の及ぶ懸念は決してないと。七年がたつうちに、お家の事情が変わったのではないですか」

「たとえそうだとしても、罪は罪だ。高杉家は倅が継ぐ。おのれは捨てる覚悟のうえで手をくだした。そうしてわたしは国と家を捨てた。今さら、何の面目があって藩邸を訪れられようか」

高杉は大きな口を一文字に結んだ。

「お忍びかもしれませんけれど、それでもお紀和さまが訪ねてこられたのは、何か、先生にお伝えしたいわけがあったからではないでしょうか」

と、可一は高杉を見かえした。

「話を聞かれるだけでもよいのではありませんか。下屋敷にお紀和さまを訪ねられたらいかがですか」

「そうですよ、先生。きっと、わざわざお見えになったのは、お伝えしたいことがおありだったからですよ」

吉竹が可一に続いて言い添えた。

高杉はどうするとも言わなかった。

腕組をし、ただじっと考えているふうだった。

浅草川の川縁から川鵜の、ぐるるうん、ぐるるうん……とちょっと悲しげに鳴く声が聞こえていた。

四

それからまた数日がたった。

午後、子供らが帰った後、高杉は子供らの残した手習いに朱(しゅ)を入れていた。

住まいと教場を兼ねた六畳の障子を開け放った濡れ縁の先に、西日がかろうじて差す狭い庭があり、庭を囲む竹の垣根の傍らに向島で摘草をした女郎花(おみなえし)が枯れもせず黄色い花を咲かせていた。

ふと、高杉は筆を止め、庭へ目を送った。

あれから本所横川の下屋敷を訪ねることはなかった。

可一と吉竹の勧めはもっともだった。

考え、迷ってはいた。

だが何よりも、訪ねたいと思うおのれの未練が腹立たしかった。

垣根と隣家の板塀の間に人ひとりが通れるほどの裏道があり、近所のおかみさんが垣根越しに高杉へ会釈を寄越し通りすぎた。

遠くの路地で子供らの戯(たわむ)れる喚声(かんせい)と、走り廻る足音が聞こえた。

それでも、秋の初めの静かな午後だった。

高杉は、子供らの手習いへまた向かった。

そのときだ。

「ごめんくださいませ」

女性(にょしょう)のやわらかい声がした。

六畳間の続きに三畳ほどの板間があり、狭い土間と表戸の腰高障子がある。

腰高障子は開いたままになっていて、戸の外の路地に二つの人影が立っていた。

高杉は、子供の手習いから表の方へ視線を移す束の間に、聞き慣れた懐かしい女性の声を思い出していた。

七年がたっても、忘れてはいなかった。

三畳の板間へ出た。

そこに着座し、頭をさり気なくさげた。

表戸に並んだ二人の女性もそれに倣った。

「きましたか」

高杉は微笑み、紀和に言った。

「お懐かしゅう」

そう言った紀和は、白い襟元を見せる下着に煤竹小紋の茶の小袖を紬の縞帯で襲ね、白足袋草鞋に菅笠と杖を手にしていた。

島田髷に茶色い笄がひとつ差してある。

隣の若い女性も似た拵えで、二人は神社へ参詣に出かける商家の姉と妹のように見えた。

「むさ苦しいところですが、どうぞおあがりください。茶の用意をします」

高杉は土間続きの狭い台所へ立ち、火の燻る竈にかけた鉄瓶の白湯を確かめた。

「おかまいなさいますな」

土間へ入ってきて、紀和が言った。

「いえ。この暮らしで贅沢とは思っているのですが、好きなもので茶は喫しております。上等な茶葉ではありません。お気遣いは無用です」

高杉は盆に碗を揃えた。

「それではお紀和さま、わたくしは所用を済ませた後にお迎えにあがります。それまでは……」

若い女性が紀和にささやき、紀和は、

「そうですか」

と頷いた。

若い女性は竈の前の高杉へ「ごゆるりと」と一礼し、さりげなく表へ消えた。

紀和はそれを見送ると、板敷のあがり端へかけて身体を折り、白く長い指で草鞋の紐を解き始めた。

「よろしいのですか」

高杉は竈の前から紀和に声をかけた。

「あの者は奥向きのわたくし事に召使う満という娘です。気を働かせて所用と申し、はずしてくれたのだと思います」

紀和は草鞋を解いている。

高杉は狭山の煎茶を入れた急須に白湯をそそいだ。

「ここは、どうしてお知りになったのですか」

少し間を置いて二個の碗に、ととと……とついだ。

煎茶が香ばしく匂った。

「先だって、吾妻橋で哲太郎どのをお見かけいたしました。子供たちを連れて、とても晴々としたいいご様子をなさっておられましたね」

「やはり、あのお駕籠はあなただったのですね。石川家のお駕籠とわかり、万が一ということもあるので顔を伏せたのですが」

紀和は六畳間に着座してそれとなく部屋を見廻し、庭へ流した。そして、

「女郎花ですね」

と、呟いた。

「あの日は子供らと向島で摘草をした戻りでした。あれはその折りに摘んだ女郎花です。辛抱強く咲いてくれました。どうぞ」

高杉は紀和の膝の前に碗を置いた。

網代のお駕籠からこぼれてきた香の薫りが、かすかにした。

七年前もこの薫りだったろうか、とそれは思い出せなかった。

およそ一間を隔て袴を払った。

「哲太郎どのとわかって、めぐり合わせと思ったのです。人を使ってすぐに調べさせました。浅草界隈で手習い所を営んでおられる手習い師匠の中に、高杉哲太郎という方はおられぬかと……数日して、花川戸に哲太郎どのがお住まいであることがわかりました」

「その日暮らしですが、どうにか、飢えもせず生かしていただいております。わたしのような者が、ありがたいことです」

「勘定方にお勤めのころはいつも難しいお顔をなさっていたのに、こうしてお会いしてみると、ずいぶん穏やかに見えますよ。楽しそうにも……」

紀和は湯気ののぼる碗に唇を付け、碗に付いた紅を指先で拭った。

「そうですか。年を取りましたからな」

高杉は、今朝、髯を剃った顎を撫でつつ小さな笑みをかえした。

「奥仕えをなさっておられたのですね」

「はい。哲太郎どのと離縁になってから三年がたって、ご家老の信夫さまのご命令で奥仕えにあがることになりました。一昨年、松姫さまお介添え役老女を申しつかり、それ以来、江戸藩邸暮らしをいたしてまいりました」

「松姫さまのお介添え役老女に。それはご出世だ。大したものです」

「松姫さまも十八になられ、この九月にご婚礼が決まっております」

「おお、あの可愛らしい松姫さまも、そのようなお年になられましたか。またたく間でしたが、やはり七年は長い」

「松姫さまとともに、わたくしも来月、江戸を離れることになりました」

紀和は言って、童女の面影を偲ばせる切れ長な黒い目を高杉に向けた。

「二年前の出府の折り、あなたが江戸にお住まいではないか、いつかはどこかでお会いするのではないかと、思っておりました」

高杉は黄ばんだ畳へ目を落とし、紀和の眼差しをそらした。それから、

「奥仕えのあなたが、どうしてその形で」

と、訊いた。

紀和はそこで初めて、ほほ、と声をこぼした。

「おかしいですわね。でも、この前お訪ねした折りは、哲太郎どのは居留守をお

使いになられ、会ってくださらなかったではありませんか。ですから、哲太郎どのに居留守を使われぬよう、このたびは町家の拵えでまいりました」

高杉は「あ、そうでしたか」と、頭を垂れた。

「でも、こうしてお会いできました」

「そうですね。紀和どのは少し痩せられましたな」

しかし七年前より綺麗になられた、とは言葉に出なかった。

口に出したのは、

「ご用件を、どうぞ」

といううすげない言葉だった。

「淳之介のことは、お知りになりたくありませんか」

「じつは年に二度、父に手紙を出し、父から返事がきます。父は淳之介の成長振りを細かく書いてくれます」

「ではやはり、義父さまは哲太郎どのが江戸の花川戸でお暮らしのことを、ご存じなのですね」

「身勝手とは思いますが、父と母には知らせました」

「義父さまは藩のお調べでも哲太郎どのの行方は全く知らぬと、頑なに通されたそうです。わたくしも教えていただけませんでしたし、淳之介にだって会わせてもらえません。わたくしが会うと、あの子を却って苦しめることになると仰られて……」

紀和の目が潤みを帯びて光ったように見えた。

「申しわけない」

「一徹なお方ですもの。でも時どき、外で遊んでいる姿をこっそり見にいきました。最後に見たのは出府する前の一昨年です。凜々しくて可愛い子ですよ」

「可愛い子なら紀和どのに似たのでしょう。わたしに似なくてよかった」

高杉と紀和は目を合わせ、つい微笑み合った。

「きかん気そうな大きな目をしていました。あの目はあなたにそっくり。母と名乗って力一杯抱き締めたいと思いました。叶わぬことですけれど。哲太郎どのは淳之介に会いたい、あの子の成長を見たいと思わないのですか」

「人並にわが子を気遣い、成長を喜ぶ、そんな身のほどは捨てました」

「まあ、本当に身勝手な。わたくしたちは淳之介の生涯に、おそらく、理不尽な重たい荷を背負わせてしまったのでしょうに」

やわらかい口調の奥で、紀和は高杉をなじった。

「侍の家に生まれたのです。侍の義を通すためおのれを空しくすることも、ときには忍ばねばならない。理不尽でも、それに堪えるのが侍です」

「侍の義？　真にそう思われますか」

高杉は紀和を見つめ直した。

紀和の頰にひと筋の涙が伝わったからだった。

この女に何かが起こった、あるいは起こりかけている、とそのとき気付いた。

くずぅぅぃ、くずぅぅぃ、ぼろのたまりはございやせんか、くずぅぅぃ……

路地を屑屋の呼び声が通りすぎた。

遠くで戯れる子供らの声がまだ聞こえている。

庭を見ると、先ほどまで差していた西日が消え、外は薄暗くなっていた。

くずぅぅぃ、屑やお払い……

屑屋の呼び声が遠ざかっていった。

「さるお方から、妻にと、乞われております。松姫さまご婚儀が決まり、わたくしもお介添え役を退くことになっております。迷っておりました。そんなとき、吾妻橋で哲太郎どのをお見かけしたのです。居ても立ってもいられませんでした。このめぐり合わせに、どうしてもお会いせねばならないと思いました」

「何ゆえに」

「わかりません。あなたに会い、声を聞き、どんな他愛(たわい)ない話でもあなたと言葉を交わせば、道しるべが見つかると思ったのです。ただそれだけの……」

高杉は言うべき言葉を見付けられなかった。

刻々とすぎゆくときが苦い。

空がいっそう暗くなっていた。

「いかんな。ひと雨きそうだ」

高杉はようやく言った。

「神崎史生(かんざきふみお)さまがお側用人(そばようにん)に就かれたことはご存じですか」

紀和は庭を見ていた。

「父の手紙で、知りました」

「なぜ哲太郎どのは、お家に戻れないのですか」

「わたしはお家の重役を斬った追われる身です。それは叶いません」

「侍の義を通すため、なさったことなのでしょう。神崎さまやほかのお仲間とともにお家のためになさねばならぬと、ともに立ちあがられたのでしょう」

「七年前、お側用人立花源之丞(たちばなげんのじょう)を斬ったのはわたしです」

紀和は庭へ投げた眼差しをそらさなかった。

「二年の間に立花さまの不正が次々とあばかれ、お殿さまのご命令で神崎さまやほかの方々はみな許されました。あれからみなさまは出世なさり、今ではどなたさまもお家の要職に就かれておられます」

高杉は隣家の板塀の上に見えるわずかな曇り空を見あげた。

「哲太郎どのは、立花さま襲撃の前にわたくしを離縁するとき言われました。神崎さまらがお家の要職に就かれれば、自分もお家に戻り、神崎さまらとともに国のため、民百姓のために働くのだと。自分が捨て石となりそれまで耐え忍ぶのだと」

紀和はそう言って、おもむろに高杉へ潤みを帯びた目を向けた。

「藩政をほしいままにする立花さまを除いて事がなれば、哲太郎どのをお家に戻れるように計らい、ともにお家の改革を進めるお約束だったのではありませんか」

「誰かがなさねばならず、わたしがなした。神崎らはお家に残って事を進める役割を担（にな）った。みな承知のうえです」

「お殿さまのお許しが出て五年、神崎さまがお側用人に就かれて三年。神崎さまらは事を進められたとお考えですか」

高杉にはわからなかった。

しかしそうでなければ、塵界に朽ち果てる覚悟をしたおのれの生きざまの意味すら消えてしまう。

「わたしはお家に戻ることなど、望んではおりませんし、そんな約束もしておりません。みなで約束したのはただひとつ。お家の改革のためにともに働き、民百姓の住みよい国にしようと、それのみです。ときがかかっているとしても、神崎らは約束を果たすはずです」

紀和は唇を嚙み締めた。

間を置き、何かを思いつめた。

「義父さまのお手紙で触れておられないのですか」

と紀和は言った。

「何をです」

「お家は改革と言える政は何ひとつ行なわれておらず、七年前とほとんど変わってはおりません。変わったのは七年前と較べて台所事情がさらに悪くなったこと、お側用人に神崎さまが就かれ、要職に就かれたお仲間のみなさまが取り巻きになっておられること、それだけです」

高杉は膝に置いた手が震えるのを紀和に見られないように、拳を握った。

「米問屋の《佐々木屋》は立花さまなき後、神崎さまとご懇意になられ、神崎さまの後ろ盾を得て下館の商人仲間を束ね、お家の台所事情にも以前より深くかかわっております。一方で高利の金貸しを営み、借金でお金の返せなくなった百姓の田畑をおのれのものにし、藩内の多くの百姓を小作に使っておると、噂は絶えません」

高杉は背中が汗ばむのを覚えた。

額に流れる汗を、手の甲で拭った。

「藩内の高利貸しや米問屋仲間の間では、神崎さまはお家の陰の主であり、佐々木屋は藩政の実事を左右する陰の家老とさえ、言われておるそうです。家中で、神崎さまや佐々木屋に、異議を唱えられる者はおりません」

「埒もない、戯れ言です」

そう言った高杉の声は嗄れていた。

「ご家老の信夫さまにお聞きいたしました。五年前、お殿さまのお許しが出たとき、哲太郎どのを呼び戻す談合がございました。この折り、意図は何であれ立花さまを殺めた実事は消えぬと申され、哲太郎どのをお家に戻すことに強く反対なされたのは神崎さまだったそうでございます」

「神崎がそんなことを言うはずがない。七年前、誰かが立花を斬らねばならず、誰かがお家に残らねばならなかった。密議を重ねた結果、わたしが立花を斬りほかの者がお家に残り政を動かすために働くと決めたのです。みなそれぞれが、あのとき苦渋の決断をくだしたのです」

高杉が言うと、紀和の目に憐れみの涙があふれた。

「侍の義とは何ですか。義を通して何が行なわれたのですか。ご自分で、お確かめなされませ」

紀和の眼差しに射られ、高杉は身がすくんだ。

ひりつくように喉が渇き、ぬるくなった茶を喉を鳴らして飲んだ。

おのれへの激しい嫌悪で、身体の震えが止まらなかった。

すべての人に、許しを乞いたいと思った。

そのとき雨が、庭の女郎花をさらさらとゆらし始めた。

五

君側の奸立花源之丞を討つべしと主張する急先鋒は、神崎史生だった。

高杉哲太郎は藩勘定役物頭格下僚の元締五人のうちのひとりだった。

その下に二十人の勘定人、ほかに十二人の雇いがいて、藩の出納事務、給与、賑恤を管理していた。

神崎は馬廻り役の家柄で、高杉とは藩校《儒興館》の同期であった。

そのとき、高杉と神崎の元に集まった六人の同志は、みな藩の様ざまな役目を果す中で藩の現況を憂え、藩政の改革を志した若き侍たちだった。

その年、高杉は三十歳になっていた。

常州の下館藩は表面上の穏やかさを保つ裏では、当主のお側用人筆頭として権勢を揮う立花源之丞一派と立花一派に異議を唱える改革派、そして日和見を決めこんだ多数の現状維持派がそれぞれの思惑で藩政に関与し、内情は混乱を極めていた。

その前年、関八州は天候不順により米が不作であった。

そのため下館城下の細民のみならず、農村部においても顕著な米不足に陥っていた。

特に、耕作地を村の高利貸しに牛耳られ、実情においてすでに水呑百姓に零落していた零細な百姓らの窮乏がはなはだしかった。

藩お重役らの談合で備蓄米の供出が断ぜられ、いざ供出となったとき、じつはと勘定方奉行の申し出により、備蓄米がすでに底を付いている実事が判明した。

質実剛健、質素倹約の戦国武士の世は遠い昔の話である。

長い太平の世において、武家の暮らし向きが変わり何かと物入りとなって膨らんだ藩の財政は、商家よりの借財と、なお足らぬところは備蓄米を米問屋を通して流通させ賄われるのが常態と化していたのである。

藩の蔵の備蓄米は、数合わせで帳面上に存在しているのにすぎなかった。

その備蓄米流出をお殿さまの内諾を得て指図していたのが、お側用人立花源之丞とその一派だった。

米は農村にも藩の蔵にもなく、城下米問屋の蔵に眠っており、米問屋仲間を差配する佐々木屋はお側用人立花と結託し、米相場が下がらぬよう米の流通を操作した。

米の不作が天災による飢饉、にすり換えられていった。

結果、城下では米問屋の打ち壊し、農村部では小作を苛烈に収奪する高利貸しや豪商を襲う一揆が起こった。

藩は幕府の手前、容赦ない鎮圧を行ない多くの死傷者や罪人を出した。

それをお殿さまの命令と称して、陣屋や諸奉行に指図したのも立花だった。

庶民の間で藩に対する怨嗟の声が満ち、当然、お家の中でも立花の専横を糾弾し藩政改革を断行すべしと主張する声が様ざまにあがった。

高杉と神崎らの仲間もそんな改革派の組のひとつであった。

そうして年が明けたその年、両者の睨み合いが続く中、立花一派は、

「主命にそむく不届き者らを、表立たぬよう断罪せよ」

と、改革派の粛清に乗り出したのである。

ばらばらに改革の声をあげる組が隠密裡にひとつずつ潰されていく中、高杉は改革派の団結を目指すべきと考えたが、神崎は、

「おぬしの考えは手ぬるい。もはや首魁、立花を討つべきときだ」

と主張した。

高杉以外、七人の仲間は神崎の決断力をよしとした。

高杉は仲間らに従い、仲間らと密議を重ねた。

「わたしが立花を討つ」「いや、拙者が斬る」と、みな名乗りをあげた。けれども密議を重ねた結果、立花を討つ者と、藩に残り藩政に働きかける者が必要だという考えが形成されていった。

それに立花には多くの取り巻きがおり、立花自身、新陰流の腕利きと知られていた。

この暗殺に失敗は許されない。

「みなの思いはひとつだが、思いだけでは立花は斬れぬ。実際に腕が立たなければ事は成就できぬ」

神崎は言った。

仲間の中で抜きん出た腕利きが高杉だった。

「高杉、やってくれるか。できるのはおぬししかおらぬ」

そう言われればその通りだった。

「立花を討った後、身を潜めていてくれ。一年、どんなに長くても二年のうちにお殿さまの許しを得て、藩政を動かし、おぬしを呼び戻す。そしてわれら一同、ともに改革を推し進めるのだ。約束する。またおぬしが身を潜めている間、高杉家に処罰が及ばぬようわれら全力で守って見せる。安心してくれ」

高杉は神崎の言葉に動かされたのではなかった。

たとえわが身は塵界に朽ち果てようとも、お家のために侍の義を通すことが臣下の道と考え、おのれを捨てる決断をしたのだった。

高杉は、おのれの身の安寧など、一片も顧なかった。お家の要職に就くことなど、望みもしなかった。

高杉には、三年前娶った妻とまだ乳呑児の淳之介がいた。

妻紀和は城下でも評判の才媛と評判が高く、高杉自身も有能な勘定方と期待されていた。

高杉と紀和はともに初恋の相手であり、長い忍ぶ思いの末に結ばれた相愛の、他人も羨む夫婦でもあった。

しかし高杉は、妻や子への愛よりも侍としての義を重んじた。

高杉は妻紀和を離縁した。

それから侍の志を薫陶した父を説き、病と称して、父を後見人に立て高杉家の家督を乳呑児の淳之介に譲るべく藩に届けを出した。

それが許された夜、高杉は立花と三人の取り巻きを倒し、下館を出奔した。

藩より高杉の討手（うって）が放たれた。

しかし数ヵ月の逃亡の旅の末、高杉は江戸の花川戸の町で手習い師匠を始めた。

侍の面目（めんぼく）を一切捨て、少しずつ町家に溶けこみ、暮らしを立て、いつしか七年がたっていた。

貧しいけれども、悪い暮らしではなかった。

手習い師匠の仕事は、存外に高杉の気質に合っていた。

父との手紙のやり取りで、神崎ら仲間への藩のお許しが出たこと、神崎らが要職に就き、三年前に神崎がお殿さまのお側用人に取り立てられたことを高杉は知った。

だが、父の手紙には高杉に戻ってまいれとは一度も書かれていなかった。

高杉は、目指した事の半ば以上が達成されたと満足していた。

後はひたすら藩政の改革を進め、おのれはそれを見守るのみだ。

このまま塵界に朽ち果てる。侍はそれでよい。高杉は思っていた。

雨が強くなった。

空はますます暗くなり、濡れ縁に水飛沫があがった。

腰高障子を開け放った路地にも、激しい雨がばしゃばしゃと泥水を跳ねた。

近所のどこかから喚声のような声が聞こえた。

雨の路地を人が駆けていく。

「いかん」

高杉は表の板戸を閉めに土間へおりた。

紀和が六畳間の濡れ縁の板戸を、ばたばたと閉めた。

家の中は暗がりに包まれた。

「明かりを点けましょう」

行灯の側へいった高杉に紀和が言った。

「通り雨です。すぐ止むでしょう。このままでかまいません」

「そうですか」

二人は半間少々の間を置いて向き合った。

閉め切った部屋は少し蒸した。

雨音が賑やかに屋根を叩いていた。

暗がりの中で紀和の影しか見えなかった。頬や首筋の輪郭とほんのわずかな白みが暗がりを透かしていた。

「わたくしが、どなたさまに乞われているのか、お訊ねにならないのですか」

ほのかの香の薫りと一緒に、紀和の吐息がもれた。

「わたしは、そのような立場にありませんので」

「意気地のない」

と、笑ったのかなじったのか、珍しく強い口調で紀和の影が言った。

「国家老の信夫さまが、先年、奥さまを亡くされました。五十をすぎておひとりだったのです。親類を通して、その話がきたのです。わたくしを娶り淳之介を養子に迎えたいと、信夫さまは仰ってくださるのです」

高杉は黙っていた。

雨の音がさらに強くなった。

「淳之介の将来が、開けるかもしれません」

紀和はそれから沈黙した。

二人は、暗がりの中で、互いの沈黙に堪えた。

なぜか寂しくてならなかった。

喜ぶべき事なのに何ゆえこんなに寂しいのだろう。

「それは、よかった」
沈黙に堪えきれず、高杉は言った。
「それでよろしいのですか。高杉の家名が途絶えるのですよ」
紀和の吐息が顔に触れたような気がした。
そのとき高杉は、暗がりを透かして、畳に置かれている紀和の白い手を見た。
長い長いときが、刻々とすぎてゆく。
高杉は三十七年の歳月を一瞬のうちに振りかえった。
今さら家名になど恋々とする自分がみじめだった。
「いいのです」
高杉はぼうっと手を伸ばし、畳の上の紀和の白い手を拾ったのだった。
冷たい肌触りだった。
七年前もこうであったのだろうか、それも思い出せない。
指と指を絡み合わせ、強く握った。
紀和の手が、ときを脈打つように握りかえしてきた。
今ははっきりと、紀和の吐息を嗅いだ。
身体の熱を覚えた。

紀和の熱い身体を抱き寄せると、二人の胸の鼓動が絡み合った。

そうだ、思い出した。この身体を……高杉は腕に力をこめた。

「ああ、あなた……」

紀和の唇から声がもれた。

「すまない」

そう言った。

「寂しい……」

紀和が口にした。

雨は降り止まなかった。

高杉は紀和の熱くやわらかな、濡れた唇を吸った。

六

この五、六日、夕刻になると高杉先生がひとりで出かけている、という噂が可一の耳にも届いていた。

高杉先生がどこへ出かけているのだろう、と自身番で話題にのぼった。

「もしかして、聖人君子の高杉先生にも、これができたんじゃないのかい」

「そりゃあ無理ないさ。あんないい身体しているんだ。花は上野の岡場所か、山谷堀の吉原か、女郎のひとりや二人、先生に馴染ができたっておかしかないよ」

「けどさ、ほら、先だっての雨の日さ、えらく器量よしの女人が先生の裏店を訪ねてきたって噂をきいたけどね」

「ああ、わたしも聞いた。誰なんだろうって、かみさん連中が話してた」

「もしかして、その前にどっかのお武家のえらい立派なお駕籠が先生を訪ねてきたって言うじゃないか」

「そうそう、あれね」

可一は自身番日記を付けながら、店番のご主人らの話を聞いていた。

そう言えばここ数日、可一は高杉先生と顔を合わせていなかった。

みかみで近松を語りながら酒を呑んだり、近ごろ評判の娘浄瑠璃や落語や『太平記』読みの講談、新内、手品などを観に上野池之端の吹貫へいったりと、博学な高杉先生は可一の師であり、遊び仲間でもある。

そう言えばここのところ、高杉先生のお誘いがなかったな、と可一は自身番日記をつける筆を止めて、宙に目を泳がせた。

　高杉先生が岡場所や吉原へいく噂は、この七年、聞いたことがなかった。夕刻から、どこへお出かけなのだろう。今度あったら訊いてみなくちゃあ……

　可一は筆を動かした。

「可一は先生のお忍び先を、聞かされていないのかい」

　当番の家主の佳蔵（よしぞう）さんに訊かれた。

　可一は振り向き、

「その噂は聞きましたが、ここのところ先生とお会いしていないんですよ」

と、首を傾げた。

「ふうん、一番親しいかっちゃんが知らないんじゃあ、先生、誰にも言わずに出かけているんだ。これはやっぱり、女かな」

　店番の蕎麦屋の久作（きゅうさく）さんが言った。

「この前のお武家のお駕籠が先生を訪ねてきたのは、知っているだろう」

「わたしが先生の裏店へご案内しましたから」

「お駕籠はどういう方だったたんだ。先生は下館のご浪人さんだろう。するとやっぱりお駕籠は下館のお武家さまかい。栄太郎は身分の高いお方さまじゃないかと、言っていたがね」

「じつはあの日、先生はお駕籠のお方さまとお会いにならなかったんです。会う必要はないと仰って。ですからお駕籠がどういうお方さまだったか、わたしは知らないんです。先生も仰いませんし」

可一は、当たり障りなく応えた。

あの日高杉先生から聞いたお紀和さまのことや下館藩石川家のこと、七年前、高杉先生が花川戸へ流れてきたわけを、人に話してはいなかった。

話してもよければ先生が自分で話すだろう。

黙っていよう、と可一は思っていた。

「お方さまのお駕籠の後に器量よしの女人かい。しかも雨の日のしっぽりと、二人切りで、とてしゃんと。謎めいてるねえ」

「謎めいてるよ、とてしゃんとさ」

店番の久作さんと、同じく店番の金具屋《鉄八(かねはち)》の金八(きんぱち)さんが言った。

夕刻七ツ半（午後五時頃）、自身番が退(ひ)けてから可一は高杉先生の手習い所へ顔を出した。

ところが表の板戸が閉(た)てられ、先生は今夕も出かけているらしかった。

ひょっとして、本所横川の石川家下屋敷へお紀和さまを訪ねて出かけられているのだろうか。ならば気にかけるに及ばないと思いつつ、心なしか、高杉先生の身に一抹の不安を覚えたのだった。

明日、朝に寄ってみることにした。

可一は勝蔵院門前の紅屋《入倉屋》の次男坊である。

家業は兄良助が継いでいて、隠居の身である父母の厄介になり、昼間は自身番の書役を勤め、自身番を退けて家へ帰ると、戯作三昧のときを送って暮らしていた。

可一の望みは、曲亭馬琴のような大戯作者になることだった。

高杉先生は、子供のころから本好きな可一も驚くほどの読書家だった。

兄家族と父母らとの夜食を済ませ、次の読本の執筆にかかった。

この七月、東仲町の地本問屋《千年堂》さんより、読本の二作目『愁説仇討紅椿奇談』があれこれ手直しがあった末に、ようやく板行になっていた。

今は三作目に取りかかっている。

鈴虫が、りいん、りいん、と家の庭の草むらで鳴いていた。

何があったんだろう――と、可一は執筆の手を止めて考えた。

高杉先生のことが急に気にかかり始めていた。

その高杉先生が可一を訪ねてきたのは、夜の五ツ（午後八時頃）すぎだった。

応対に出た母に夜分に訪ねた非礼を詫び、母があがるように勧めても、

「わたくし、今から出かけねばならぬところがあります。出かける前にこちらの可一さんへお話ししておきたき用件があり、夜分、ご迷惑にもかかわらずまいった次第です。いえ大した用ではありません。立ち話で済むほどの用です。外で待たせていただきます。何とぞ可一さんをお呼びくださいますように」

と応えて、店にも入らなかった。

可一が急いで店表の小路へ出ると、勝蔵院の土塀の際に高杉先生が提灯を提げてにこやかな笑みを浮かべて佇んでいた。

先生のいつものののんびりした笑みだった。

ただ夜目には黒っぽい着物と袴に黒足袋草鞋を着け、月代の伸びた髪を総髪に結び一文字の髷を乗せていた。

普段の先生だけれども、どこかへ遠出をするような、少し違う様子に見えた。

「高杉先生、夕方、お訪ねしたんですよ」

「済まなかった。ここのところ用が続いてな。今日も夕刻から出かけて、さっき戻ってきた。じつはこれからのっぴきならぬ用でまた出かけねばならん。それで可一さんにお願いしたいことがあって夜分うかがった」

はい――と、可一は緊張を隠して言った。

どちらへ、とは訊けなかった。

「明日朝、自身番へ出かける前にうちへ寄ってくれぬか。そのときにわたしが戻っていれば、何も訊かずそのまま勤めに出かけてほしい。もしわたしが戻っていなかったら、わたしの文机（ふづくえ）に可一さん宛てに手紙を残してあるので、そこに記した用を済ましてもらいたいのだ」

「用を？　ですか」

可一の胸が鳴った。

「難しいことではない。今夜ののっぴきならぬ用が少々長引く場合がある。手習い所のこともあるし、七年を暮らした貧乏暮らしの雑事（ざつじ）も抱えておる。それら諸々（もろもろ）の当座の始末さ。手紙と一緒に金も残してある。かかりがあればそれを当（あ）ててくれ」

「で、でも先生、戻ってくるのでしょう」

「戻ってくるさ。そのつもりだよ」

高杉先生は白い歯を見せた。

「もしかして、先生、横川の石川家下屋敷のことと……」

可一の言葉を、高杉先生は小路に笑い声を響かせて遮った。

「可一さん、今はそれ以上訊かないでくれ。いずれそのときがきたら話すし、わたしが話さなくともわかるときがくる。何とぞ、それまでは」

可一はそれ以上は訊けず、不審を隠して頷くばかりだった。

腰に帯びた黒鞘黒柄の差料が、提灯の火に重たげに光って見えた。

わけもなく、不吉なことが起こる兆しのような胸騒ぎがした。

それから——と高杉先生は言った。

「読本の二作目、『愁説仇討紅椿奇談』を読んだよ。とてもいいでき栄えだった。一作目の『残菊有情 乱月之契』もよかったが、二作目はもっといい。可一さんには物書きの素養がある。今に評判の読本の作者になるだろう。自分の思う通り、そのまま真っ直ぐ進まれよ」

「そんなことより、先生」

「では、急ぐゆえ、用件を頼んだ。三作目を楽しみに待っている」

高杉先生はくるりと踵をかえし、暗い小路へ提灯の明かりをゆらした。

提灯の明かりが小さくなるに従って、鈴虫の、りいん、りいん、と鳴く声が夜の静寂を物憂げに彩った。

七

向島秋葉神社にほど近い請地村の野道に、《大七》《武蔵屋》という酒楼が樹林に囲まれ甍を並べている。

春は梅に鶯、池の周りの杜若、秋は萩に紅葉を愛でつつ、料理人の巧みな包丁捌きで鯉の洗いに舌鼓を打つ、向島の遊山客には評判の料亭でもある。

夜が更けて、樹林の影からのぞく窓には明かりが煌々と灯り、夜の風情もまたよしと歓楽に酔う客のざわめきや、ときには浅草から呼ばれた芸者衆の奏でる管弦と唄声で、その酒楼の並ぶあたりは眠ることを知らぬ賑わいだった。

けれども、夜道を浅草川須崎村の方角へ半町（約五四・五メートル）もゆくと、賑やかさは消え、夜の静寂が向島の野をすっぽりと包んでしまう。

満天の星空に月はなかった。

ここでも鈴虫が、りいん、りいん、と道端の草むらですだき、めっきりと秋めいた夜の風情をかもしていた。

と、そのとき、酒楼の管弦や唄声はもう届かぬその夜道に、何人かの人々の交わす談笑が聞こえ、それが次第に近付いてくるのだった。

見ると、道の先の暗い帳の彼方に幾つかの提灯のほの明かりが、ぽつぽつと浮かんでいた。

提灯の明かりに照らされて、何人かの侍らしき人影も認められた。

高杉哲太郎は腕組をして、梅林の小高い木の幹へ幅のある広い背を凭せかけていた。

もとより提灯の火は消している。

高杉は談笑の声に耳を傾け、腕組のまま眼差しを提灯の小さな明かりへ凝らした。

人々の談笑はだんだん大きくなり、足音も聞こえてきた。

提灯の明かりは三つあった。

侍に間違いない差料を帯びた風体が八体、数えられた。

酒宴を十分に楽しんで酔いに昂揚した男らの笑い声が、機嫌よげだった。

八人は浅草川堤へ出て、竹屋の渡しから船を使う心づもりなのだろう。

大きなひと呼吸をし、腰の大刀の提げ緒をしゅっとはずして手早く襷にかけた。そうして袴の股立ちを高く取った。

りいん、りいん、と道端の鈴虫がまだ鳴いている。

言葉が聞き取れるほどに近付いた。

「……それはそうですよ。わがお家の窮状を救えるのは神崎どのをおいてほかに誰がおりましょうか。国家老と言うても、信夫さんなど何の働きもできません」

「信夫さんはもう年ですからな。もっと若い者が思う存分働けるようでなければ国は衰退する」

「同感です。神崎どの、われらこれからも頼りにしておりますぞ」

「ははは……頼りにしていただくのは光栄だが、わたしひとりでは政は進まん。ご一同の助けがなくては、わたしなど」

「もちろんわれらとて、神崎どのの指図に従い、一命を賭してお家のために働く所存でござる」

「とか何とか言いながら、おぬし、信夫さんとだいぶ親交を深めておるようだな」

「と、とんでもない。信夫さんとは日ごろの儀礼以上の親交など、ござらんよ」

「怪しいな」

どっと笑い声が夜道に沸いた。

高杉は梅林の土を深々と踏み、今は提灯の明かりで何人かの顔が見分けられるほどになった夜道へ歩んでいた。

「そうそう信夫さんと言えば、松姫さまお介添え役老女の紀和どのを、先年亡くなった奥方の後添えに迎えようと働きかけておるか」

「聞いておる。あの妖艶な紀和どのが信夫のじいさんに持っていかれるとは、もったいないのう」

「何でも、高杉の小倅をだしに使こうて、紀和どのをその気にさせたらしいぞ。信夫家の養子に迎え、ゆくゆくは藩の重役にと言うてな」

「なるほど、無理もない。高杉の家も遠からず、改易になるだろうからな。高杉がこれを聞いたらどう思うかのう」

「高杉のことなど口にするな。辛気(しんき)臭くなる」

高杉は梅林から道へ出た。

そうして肩の力を抜き、道の中央へ立ち木のように佇んだ。

侍らは話に気を取られ、前方に立ちはだかる立ち木に気付かなかった。

侍らの先頭に見覚えのない若い侍が、提灯を提げて歩んでいた。

すぐ後ろに神崎がいて、さらに六人がひと固まりに続いている。

みな寛いだ羽織に袴だった。

神崎の隆とした体軀と、頤の尖った細面に微笑む一重の眼が見えた。

夜道に聞こえていた虫の音は、止んでいた。

高杉を最初に認めたのはその若い侍だった。

鋭く研ぎ澄ました眼差しを高杉に投げ、歩みを止めた。

提灯をかざし、一方の手を横に広げて後ろの神崎へ止まることを示した。

神崎が次に気付き、それから後の六人が「うん？」「どうした？」とざわ付いた。

間合いは五間（約九メートル）ほどあり、神崎らに高杉の顔は見えていなかった。

「何者っ」

若侍が質した。

提灯をかざしたまま高杉の方へ歩み始めた。腕に相当の自信があるのは、その恐れの見えぬ歩み振りでわかった。

だが高杉も、若侍の提灯の明かりの中へ入るべく、一歩二歩と踏み出した。

若侍は高杉の襷をかけた拵えに気付くと歩みを止め、鯉口を切った。

「無礼者。名乗れっ」

若侍は声を高めた。

「神崎史生、高杉哲太郎だ。覚えているか。みなも健在か。久し振りだな」

高杉は若侍には応えず、ゆっくり近付きながら後ろの神崎らに言った。

「おお、高杉。おぬし、高杉か。なんと懐かしい」

神崎が高杉をやっと認め、大仰（おおぎょう）な表情を作った。

「高杉だ」「あの高杉か」「本当だ、間違いない」「高杉さん」「よく戻ってきたな、高杉」「嬉しいぞ、高杉」……

後ろの六人が歩みを止めて口々に言った。

「高杉、どうしておった。心配していた」

神崎は両手を広げ、高杉の方へ歩む素振りを見せた。

「話がある。神崎、そこにおれ。わたしがいく」

高杉が言い、神崎は両手を広げた姿勢で口元を歪めた。

後ろの六人は、むろん、動かない。

若侍は警戒を解かず、じっと身構えている。

高杉は歩みつつ言った。

「神崎、われらが交わした七年前の約束はどうなった。われら七人、お家のため、民百姓のため、正しき政を行なおうと誓った約束はどうなっておる」

「おお、それこそおぬしに一刻でも早く伝えたかった。この七年、藩の改革は進みお家は見違えるほど変わったぞ。喜んでくれ。われらは今、お家の中枢を担い、よりいっそうの正しき政を推し進めておるところだ。おぬしもお家に戻り、われらとともに働いてくれ」

神崎は満面の笑みになって、右に左にと首を傾げた。

「偽りを恥じよ。わたしはおぬしらを信じていた。同じ志を抱く仲間と思おてな。調べた。調べれば調べるほど、わが目わが耳を疑おうた。悲しかったぞ、神崎。おぬしのやっておることは、七年前の立花源之丞よりまだ悪辣だ。須藤、中川、阿部……おぬしらは何をしておる。何をしようとしておる。あのときの志はどこへ捨てた」

高杉は歩みを止めなかった。

六人は今、高杉をじっと睨んでいた。

「高杉、人の噂などに惑わされるな。毀誉褒貶は人の常。何もかもを一度になしとげることはできぬ。なすべきことに優先順位があるのは仕方がないのだ。われらの国造りに不満を抱く者らは、なしたことには目をつむり、未だなしえぬことのみをあげつらい、そら見たことかと指弾する」

神崎が、一歩、二歩、歩み寄った。

「しかしそれらの埒もない悪口に気を取られていては政の実事は動かせぬ。その道理がわからぬおぬしではあるまい」

「おのれらの都合のよいことだけをなし、おのれらの都合の悪いことには目をつむる。それは優先順位ではない。神崎、おぬしの言うておる道理は、七年前、立花源之丞が言うていた道理ぞ。立花と米問屋仲間の元締め佐々木屋を藩政よりのぞく、それが第一に目指したことではなかったか」

若侍が提灯を捨て、高杉と神崎の間に立って抜刀の姿勢に身体をかがめた。

道端に捨てた提灯がめらめらと燃え始めた。

だが高杉は止まらず、若侍は気圧され、じりじりとさがり始めた。

神崎は、高杉を見つめたままだんだんと後退って、六人の中にまぎれた。

「高杉、いい年をして幼いのう。政は戦と同じ、勝者と敗者があるのみだ。臨機応変ができねば勝者にはなれぬ。おぬしのような負け犬に政などわかりはせぬ。負け犬は消えろ。目障りだ。さもなくば」

「さもなくば？　それでよいのだな、神崎。須藤、中川、阿部……それでよいのだな」

と高杉は、神崎の後ろの六人に言い募った。

「おお、おぬしに言われる筋合いなどない」

「そうだ。いつまで青臭いことを言うておる」

残りの提灯が捨てられ燃えあがり、六人が刀を抜くのを明々と炙り出した。

「止まれ、止まらぬと斬る」

若侍が喚いた。

高杉は初めて若侍を見つめ、言った。

「その若き身で取り巻きに甘んずるな。命を粗末にせず家に戻り父母に孝行せよ」

瞬間、若侍が抜刀した。

せええいっ。

雄叫びが満天の星空に木霊した。

わずか一間（約一・八メートル）の隔たりから高杉の顔面へ上段から打ちこんだ。

自信が漲（みなぎ）っていた。

だが近すぎる。道場の腕利きと真剣の立ち合いは違う。

若侍はそれを知らなかった。

どすん、と鳴った。

次の瞬間、若侍は夜道へたたらを踏んでいた。

打ちおろした剣が虚空へさまよっていく。

道端の提灯が燃えつき、あたりは黒い闇に包まれた。

けれどもそこにいる誰もが、若侍の影が最後にあげた儚（はかな）げな呻（うめ）き声を聞いた。

そのとき高杉は、若侍の一刀をかいくぐりつつ抜き打ちに胴を砕き、若侍を背にして身構えていたのだった。

躊躇（ためら）いもなく神崎へ迫る高杉の後方で、若侍の影が崩れ落ちていく。

束の間だった。

その束の間に、神崎の前に立ちはだかった六人のすべてが戦闘態勢に入れたわけではなかった。

遅れたひとりの脳天が割られ、刀をかえし斬りあげた切っ先が隣の顎を砕いた。

頭蓋と顎の裂ける音が続いた。

ひとりが脇へ吹き飛び、ひとりは悲鳴をあげながらごろごろと道端へ横転した。

暗闇でもわかるその凄まじさに、残りの者らが退き足になった。

逃げるか闘うか、その逡巡が攻撃と守備を鈍らせた。

しかし高杉の踏みこみは鋭い。

一気に肉迫する。殺気が襲いかかる。

高杉は左へ廻ることを計ったひとりに突進し、肩口から袈裟に落とした。

男はそれを払いながら、さらに左へ廻ることを目論んだ。

だが、高杉のうなる一撃の速さは男には意想外だった。

手もなく肩を裂かれ、叫び声とともに闇の奥へはじけ飛んだ。

翻って剣を虚空へ舞わせ、右から打ちかかるひとりの胴を斬り抜ける。

一瞬遅れて斬りかかった一刀を余力を持って受け止めると、膂力をこめた刃を相手の首筋へ押し当て、ざっくりと撫で斬った。

長い無残な悲鳴が暗闇の野面を走る。

血が噴いた。男は仰向けに落ち、断末魔の痙攣をした。

神崎が逃げたのは、またたく間に二人、三人と倒されたその刹那だった。

わああ……

神崎の恐怖の声が響き渡った。

「か、神崎いい」

今ひとり、阿部が神崎を追って逃げた。

二人は闇雲に梅林の中へ走っていった。

間髪を容れず高杉は追う。

神崎もひと足遅れて続く阿部も、どこをどのように走っているのかわからない。

恐怖と暗闇が神崎と阿部の判断を狂わせた。

ただ助けを呼びながら闇の先へ先へと走るしかなかった。

「神崎い、おいていかないでくれえ」

阿部が神崎の黒い影に叫んだ。

だがそのすぐ背後に、高杉の息遣いと躍動する足音が迫っていた。

野は平坦な土地ではない。

高台と窪地が波打ち、樹林や草むらがゆく手を遮り、死の闇が誘う。

「た、高杉、おれは、神崎の、神崎の指図に、し、し、従った、だけだ。助けて、頼む、助けて、くれぇぇ」

走りながら阿部は喚（わめ）いた。妻と子がいる、と泣いた。

そのとき窪地に足を取られ、阿部はよろめいた。

高杉は後ろからその胴を薙（な）ぎ、速度をゆるめず走り抜ける。

阿部は走りながらくるくると身体を回転させ、それから抉（えぐ）られた腹を抱えて崩れ落ちた。

阿部は走り抜ける死神の黒い影を、霞（かす）む目で追った。

高杉には疾駆（しっく）する先に、神崎の乱れた息遣いが聞こえていた。

向島の野は知っている。

この野は手習い所の子供らを連れて、何度も実見（じっけん）にきた。

身体が躍動し、全身に力が漲（みなぎ）った。

神崎の影が振りかえった。

肩がゆれ、足取りがもつれ始めていた。

「勘違い、勘違いするなあ」

そう叫んだ刹那、神崎の身体が闇の中へ没した。

暗闇の先に溜池があった。

神崎はその溜池に転落していた。

神崎は必死に起きあがり、泥に足を取られ、水草に動きを封じられた。

泥から足を抜いた途端、また池面へ倒れこんだ。

泥水が口にあふれ、それをげえげえと吐き出し、噎せた。

だが高杉は、ざざ、ざざっ、と池の中を進んでくる。

神崎はかろうじて身体を起こした。

高杉の黒い影へ刀を振り廻した。

「くるなあ、くるなあ……」

そう叫んだ。

その一瞬、高杉は泥と水にまみれた神崎の大きく見開いた目をしっかりと見据えていた。

神崎の刀を跳ねあげ、がん、と顔面を痛打した。

仰け反った神崎の首と肩へ、続けて二太刀を浴びせた。

神崎の刀がこぼれた。

勘違い……

それが神崎が絞り出した最期の声だった。

身体をふわりと仰け反らせた。

崩れ落ちた神崎の身体を、たちまち黒い水が包んだ。

高杉は動かなかった。

神崎は高杉へ手を伸ばす仕種(しぐさ)をした。

溜池は満天の星空の下で水面を乱していた。

りいん、りいん……

秋の虫の一斉にすだく声がわきあがった。

神崎の息がもれ、水が鳴った。

それから水底へ引きこまれるように、没していった。

結　ときの道しるべ

可一は花川戸の人情小路にある自身番の机に向かい、自身番日記を付けながら、東仲町の地本問屋《千年堂》さんのご主人嘉六さんの言い草を、頭の中で楽しんでいた。

その朝、可一は自身番の勤めに出る前、千年堂さんに寄って、ご主人の嘉六さんから、読本二作目の『愁説仇討紅椿奇談』の評判を聞かされた。

「先生、『愁説仇討紅椿奇談』の評判がいいですぜ。ねえ、わたしの言った通りでやしょう。こいつあいけるって。続けて三作目、期待して待ってやすぜ」

嘉六さんは鉈豆煙管(なたまめギセル)を吹かして、愉快(ゆかい)そうだった。

どういう評判であれ「いい」と聞かされれば、可一は嬉しかった。

ご機嫌だったし、自分がちょっとだけ認められたような気がした。

可一は横目でちらりと、店番の豆腐屋《沢尻》の岸兵衛さんと煙草屋の清蔵さんが将棋を指している様子を見た。

本日の当番の家主さんは重左衛門さんで、重左衛門さんは岸兵衛さんと清蔵さんが将棋盤に向かう傍らで、煙管を吹かしつつ観戦している。

ぱち、ぱち、と一手差すごとに、重左衛門さんの寸評が入る。

相変わらず岸兵衛さんの長考が続いて、将棋盤に駒を鳴らしていた。

「まだかい。下手の考え休むに似たりってね」

清蔵さんがいつものように岸兵衛さんをからかった。

「うるさいな。読んでんだから黙ってろよ」

岸兵衛さんの駒の音がなかなか終わらない。

けど今日の可一には、岸兵衛さんの駒音が気にならなかった。

表通りを付け木売りの呼び声が通っていく。

ええ、つけぎっ、ええ、つけぎっ……

重左衛門さんは、ああ打てばこうくる、こういけばああなる、と煙管で将棋盤を指し、先、先、先を読んでいる。

横目で三人の様子をうかがっているだけで、なんだか笑えてきた。

と、清蔵さんが岸兵衛さんの長考に退屈して言った。

「重左衛門さん、吉竹の婚礼が重陽（ちょうよう）の節句に決まったそうですね」

「ああそうだってな。吉竹も女房を持って商売に精が出ると言うもんだ。あの男もだいぶ苦労をしたが、まずはよかった。めでたいことだ」

「この春まで東仲町にいたお八重さんの、遠い親類の娘らしいですね」

「もう二十歳をすぎた出戻りらしいよ。高井戸の在（ざい）と聞いたな」

と、岸兵衛さんが長考の合間を縫って口を挟んだ。

「出戻りをどうこう言うのは野暮天さ。すぎたことじゃなく先のことを思案して、夫婦手を携え所帯をやり繰りしていけばいいんだ。真面目が一番。そうすれば人間誰にだっていいことがある。岸兵衛さん、おまえさんの番だよ」

「へえ、わかってますって」

岸兵衛さんが将棋盤に駒を鳴らした。

先月、《みかみ》の吉竹に縁談があった。

実家が高井戸の百姓で出戻りらしいし、浅草あたりの一膳飯屋の女房にはどうか、という懸念もあったけれど、お八重さんの勧めもあって話は進んだ。

仲人（なこうど）は家主の仁左衛門さん夫婦に頼んで、婚礼の日取りは九月九日、重陽の節句の日と決まった。

披露には可一もむろん高杉先生も、舟運(しゅううん)がなければ船頭の啓次郎も呼ばれている。

「よっちゃん、おめでとう」

話が決まったとき、可一は吉竹に言った。

吉竹は人のいい顔に照れ笑いを浮かべ、

「器量はいまひとつだけどさ、気立ての明るい女でね。おれみたいな気の小さい陰気な男にはちょうどいいと思ったんだ」

と、ぼそぼそと言った。

「かっちゃんも、そろそろ身を固めなきゃあな」

「わたしみたいな貧乏物書の女房になってもいいなんて思う物好きな女は、なかなか見つからないよ」

可一はにやにやして、顎の無精髯(ひげ)をさすったものだった。

「それとね、重左衛門さん、先月末の向島の請地村(うけじむら)であった斬り合いの一件で」

と、清蔵さんが話題を変えた。

「高杉先生の手習い所に、八丁堀が調べにきたそうですね」

「あれか。凄(すさ)まじい斬り合いだったそうだな」

「凄まじいのなんのって。三十人近くのお侍が、みんな一刀のもとに首をちょん切られたって話でしょう」

と、岸兵衛さんが長考に入ったまま口を出した。

「大袈裟な。八人だろう。首を落としたとも聞いてないぞ」

「あ、そうすか?」

「けど、八人ともが一刀のもとに斬られてみなお陀仏だったというのは本当らしい。そんな腕利きが、この太平の世にいるというだけでも驚きだね」

「で、なんで高杉先生だったんですか」

清蔵さんが訊いた。

「ふむ。斬られたのは常州下館の石川家のご家中で、お殿さまの参勤で今年は江戸勤番だった。向島の武蔵屋でお仲間と呑んだ帰りに襲われたそうだ。金目当ての追剝ぎの類じゃない」

「そりゃそうだ。酒に酔っていたからって、八人もの二本差しを金目当てに襲う追剝ぎなんて、聞いたことがありませんよ」

「だから手をくだしたのは同じご家中の遺恨を持った者か、あるいは石川家に所縁のある浪人者ではないかとか言われていてな。でだ、高杉先生も下館のご出身で、やはり元石川家のお侍だったそうだ」

「ほうほう……そう言やあ、聞いていましたよね。下館だって」

「だがまあ元石川家と言うだけで八丁堀が調べにきたが、何か裏があってのことじゃない。石川家の方でも、八人ものお侍がことごとく斬られたのがお家の恥だとかなんとかで、あまり調べに乗り気じゃない。だから八丁堀の調べも通り一遍の訊きこみで済んだと、わたしは聞いているがね。可一は先生から聞いていないかい」

　重左衛門さんが可一へ向いた。

「わたしも廻り方のお調べの一件は聞いていますが、高杉先生は大したお調べではなかったと仰っていました」

　そう応えた可一に、岸兵衛さんが将棋盤を鳴らしながら言った。

「そうだよね。高杉先生はない。あの情けなさそうな顔で八人も打った斬るなんて、あり得ないよね」

「ないない。そんな八人も打った斬った恐ろしいお侍がだよ、子供らに読み書き算盤を手習いさせてる仁徳のある高杉先生のわけがないだろう」

　と、清蔵さんも請合った。

「しかし高杉先生が石川家のご家中だったなら、どういう事情があってお家を去られたのかな。あの立派な先生が……」

重左衛門さんが煙管の煙をくゆらせつつ、首をひねった。

あの日の翌朝、可一が高杉先生の手習い所へ寄ると、高杉先生はにこやかな笑みを見せ、手習いの子供らを迎える支度をしていた。

「おはよう、可一さん。夕べは済まなかった。用件が案外早く片付いてな。どうにか間に合ったよ」

いつもと変わりのない先生の様子だったので、可一はほっとした。

結局、高杉先生は前夜の用件については何も語らなかったし、先生が語らないのだから可一もいつもの調子で、「よかったですね」としか言わなかった。

「可一さん、今晩、みかみで近松を語りながら一杯、どうだい。久し振りだろう」

あの朝も高杉先生は、砕けたそんな言い方で可一を誘った。

「合点、承知です。じゃあ今晩六ツ、みかみで」

話すべきときがきたら話す、先生はそういう人だ。それでいい。

そんな高杉先生が可一は大好きだ。

三日がたった八月のある午後、可一は自身番の勤めの休みをもらい、高杉先生と川船を仕立てて釣りをした。

みかみで呑んだとき、先生に三日後の昼すぎ、釣りに付き合ってくれないか、と妙なお誘いを受けたのだった。

「昼からなら休みをもらえるので大丈夫です。だけど、わたしは釣りが得意じゃないのですが、かまいませんか」

可一が応えると、

「かまわぬとも。大空の下で釣り糸を垂れて、ときがただすぎてゆくのをぼんやりと味わう、贅沢(ぜいたく)ではないか」

と、先生は楽しげに言った。

三日後のその午後は幸い、いいお天気だった。

空は高く、雲はたなびき、心地よい川風が厳しい日差しをやわらげていた。

ただ、高杉先生のお供をした釣り場は、花川戸の船着場から浅草川を少しさかのぼって北十間川の入り口をすぎた川縁(かわべり)のあたりだった。

川縁に繁茂する水草がゆるやかな流れにそよぎ、川鵜(かわう)が高杉先生と可一の乗った猪牙(ちょき)をよけてのどかに遊泳していた。

近くの堤上には水戸家下屋敷の土塀が北へ連なり、下流には吾妻橋の頻繁(ひんぱん)に人のいき交うありさまも見え、あまり釣り場に相応(ふさわ)しいとは思えなかった。

猪牙の船頭は舳(へさき)を下流の吾妻橋の方へ向け、棹(さお)で船を流されぬようにして、

「ここら辺でようがすか」

と、先生に言った。

「上等だ」

高杉先生はそう応え、舳の方の板子に座り釣り竿(ざお)を差した。

船頭は前もって言われていたらしく、艫(とも)でのんびりと煙管を吹かし始めた。

「ここで釣れるんですか」

菅笠(すげがさ)の下の先生の顔が、胴船梁(どうふなばり)のさなに座った可一へ笑いかけた。

「さあな。釣れるかもしれんし、釣れぬかもしれぬ。魚任せさ」

こんなところで釣れねえよ、と船頭は言いたげに笑っていた。

可一は先生の真似(まね)をして、釣り竿を振って釣り糸を垂れた。

餌(えさ)は練餌(ねりえ)で、前夜、兄の良助に教わって拵(こしら)えたものだ。

それでも垂らした釣り糸と浮標(うき)が流れになびいて、川風が涼しく、確かにぼん

やりと釣り竿を差し出しているだけで眠くなるような心地よさだった。

　ぼらもはやも、鮒さえ釣れなかった。

　けれど、先生がじっと釣り糸を垂れていたから、可一もぼうっと川面を眺めていた。

　先生が言っていた、「ときがただすぎてゆくのをぼんやりと味わう」のが、なるほどそういうことか、と可一は思った。

「船頭の啓次郎さんは、お千香と会っているのかい」

　しばらくして、先生がぽつりと言った。

「先日、お千香に会いにいくと言って、嬉しそうに芝へ出かけました。お千香もようやく芝のお祖父ちゃんお祖母ちゃんとの暮らしに慣れたようで、啓次郎さんも寂しいでしょうけど、よかったと言っていました」

「お千香は賢い、聞き分けのいい子だからな。わたしはお千香が手習い所へ通う年になるのを、楽しみにしていたのだ」

「そうですね。船着場の船頭さんらは花川戸のお千香を神の子みたいに、今でも噂をしていますよ」

「神の子、か……」

可一は吾妻橋の袂の船着場へ遠い眼差しを投げた。

午後の日差しの降りそそぐ濃紺の川の向こうに、平田船や川船が停泊し、軽子が荷物を船に積み入れていた。

軽子らのかけ声が聞こえてくるようだ。

「啓次郎さんは、どうしてお千香を手放す気になったのだろう。これまで、一生懸命お千香を育ててきたのに」

先生がまた言った。

「わかりません。ただ、啓次郎さんは言っていました。お千香は自分にはすぎた子かもしれないって」

「そんなことがあるものか。どんなにできの悪い親でも、子は親を必要としているのだ。何があっても子が必要に思ってくれるから、親は親に育つのだ。子が親を真っ当な親に育てるのだ」

先生は可一をちらりと見て、微笑んだ。

「啓次郎さんの気持ちは、わかるような、わからないような……」

可一はかえした。そして、

「先生のことだって、わかるようなわからないような」

と、可一は吾妻橋を見ながら言い添えた。

「そうか」

「そうですよ。先生が今、世の中のことをどう思っていらっしゃるのか、何を考えて暮らしていらっしゃるのか、どうしてここで釣りをなさろうと思われたのか」

「思いも考えもしていない。そういうものだよ、可一さん」

先生は言った。

「仕方がないから、勝手に推量しています」

可一はまた、吾妻橋を眺めたままかえした。

すると先生は、ふふ、と小さく笑った。

吾妻橋に、徒士（かち）を前に立て介添えのお女中や挟箱（はさみばこ）を担いだ中間（ちゅうげん）小者（こもの）を従えた黒塗りの網代（あじろ）の乗物が通りかかっていた。

お駕籠（かご）は浅草広小路から中之郷の方へ渡っていく。

遠目にも、見覚えのあるお駕籠だった。

介添えのお女中は、そうだ、満（まん）とお駕籠のお方さまに呼ばれていたあのときの若いお女中だ。

ではお駕籠は、石川家のお紀和さまの……

はっきりと可一は思い出し、胸がときめいた。

介添えのお女中が歩みつつ、ちらちらとこちらへ顔を向けていた。

間違いないと思った。

先生は釣り竿を差し出し、川面へ眼差しをじっとそそいでいる。

「先生……」

可一はお駕籠を目で追いながら、思わず言った。

先生は返事をしなかった。

そのとき、お駕籠の一行が吾妻橋の半ばをすぎたあたりで止まった。

「先生」

可一はもう一度、促した。

「うん？」

先生は可一を見、それから吾妻橋の方へ顔を廻らした。

吾妻橋ではお女中が網代の引戸を開け、小者が草履を揃えていた。

やがてそこから、見覚えのあるあのお方さまが出てきた。

あの日もそうだった。

高杉先生が釣りに出かけたと居留守を使い、仕方なく吾妻橋を戻っていったお駕籠が、橋の半ばすぎで止まり、あのお方さまがお駕籠から姿を現したのだった。

まるで、川のどこかで釣りをしている先生の姿を探し求めるかのようにだ。

可一は浅草川の堤からお駕籠を見送り、あのお方さまがお紀和さまか、と思ったのだった。

お方さまはあのときと同じ、白地に金糸の図柄の入った打掛とわかる扮装（こしらえ）だった。

そうして、欄干（らんかん）の傍らに佇（たたず）み、確かにこちらを見ている。

お女中が手で指す仕種（しぐさ）をし、お方さまは頷（うなず）いた。

橋を往来する人々が、お駕籠を遠巻きに通りすぎていた。

遠目にも、美しさと物寂しげな様子はあのときと同じだった。

「まるで絵のような……」

と、可一は声に出した。

吾妻橋をしばらく眺めた先生は、川面へ顔を戻した。

そうして、何事も気付かなかったように釣り竿を差し出したまま動かなかった。

するると、吾妻橋のお方さまは欄干に手をかけ、それから首筋の近くまでそっとあげたのがわかった。

真っ白な人形のような手だった。

「あ……」

可一は小さく声をもらした。

それがお方さまの顔の近くで、わずかにゆれたのだった。

頼りなげに、そうして何かしら愛(いと)おしげにだ。

「高杉先生、あれを」

可一の声が大きくなった。

しかし、先生は動かなかった。

じっと川面へ釣り竿を差し、すぎゆくときの中にいた。

日がお方さまに降りそそいでいた。

やがてお方さまはお駕籠へ姿を消し、お女中が網代の引戸を閉じた。

陸尺(ろくしゃく)がお駕籠を担いだ。

ゆっくりと吾妻橋を渡っていき、お女中がとき折りこちらへ向いた。

一行は橋を渡った。

それから見えなくなった。

「いっちゃった」

可一は高杉先生を見た。

菅笠の下に顔を隠した先生は動かなかった。

「どうして……」

と言いかけたとき、ふと、先生の心の中の何かがわかった気がした。

川面へ差し出した先生の釣り竿が、小さく震えていたのだ。

しかし、それは言葉では言い表せない何かだった。

可一は先生から目をそらした。

また顔をあげた。

青い大空の下に、人通りの絶えぬいつもの吾妻橋の光景が眺められた。

そういうものだよ、可一さん、と先生のいつもの言い草を思い出した。

不意に、可一の胸に人への憐(あわ)れみと悲しみ、たとえようもなく切ない敬虔(けいけん)な思いがこみあげてきた。

なぜか涙がこぼれ、頬を伝った。

解説――辻堂魁の種が詰まった、初期の意欲作

文芸評論家　大矢博子

本書は二〇一一年に二見時代小説文庫から刊行された『神の子　花川戸町自身番日記1』の再文庫化である。これを機に、さらに多くの方にお届けできるようになったことは、実に喜ばしい。

辻堂魁は二〇〇八年に『夜叉萬同心　冬蜉蝣』（ベスト時代文庫→学研M文庫→光文社文庫）でデビュー。同年に『吟味方与力人情控　花の嵐』（学研M文庫→コスミック時代文庫）を発表した後、二〇一〇年には『日暮し同心始末帖　はぐれ烏』（学研M文庫→祥伝社文庫）と『風の市兵衛』（祥伝社文庫）を刊行。この「風の市兵衛」シリーズが大きな人気を博し、一躍、文庫書き下ろし時代小説の最前線に躍り出た。

ここまでの各シリーズは同心や与力、渡り用人という武士の物語である。捕物の面白さとエキサイティングな剣戟場面、悪との対決、そしてただ爽快なだけではない様々な男たちの生き方が心に残る剣客ものばかりだった。

だから本書が出たときには驚いた。市井の人々が主人公だったのだから。新境地だ、と当時は思った。だが今あらためて読むと、そうではないことに気づく。ここには後の辻堂魁の種が詰まっていたのだ。

舞台は江戸、浅草近くの大川（隅田川）沿いにある花川戸町。時代は明言されていないが、曲亭馬琴が『南総里見八犬伝』を執筆中とのことなので、文化〜文政期だろう。物語に最初に登場するのは花川戸町の自身番で書役を務める二十七歳の青年、可一だ。

自身番について少しだけ説明しておこう。自身番は江戸時代、町ごとに置かれた町人運営の交番のようなものである。捕物帖などを読んでいると、事件に出会った町人が自身番屋に走ったり、変死体が運び込まれたり、捕らえられた下手人がとりあえず番屋に連れて行かれたりという場面がよく出てくる。時代劇で、入り口の障子に大きく町名の書かれた建物を見たこともあるのではないだろうか。あれが自身番屋だ。

また、他に主な役割として、町人の人別（戸籍）や町の会計などの管理もしていた。奉行所からのお触れを町民に知らせたり町の警備や消防を統括したりという業務もあった。詰めているのは町人なので強い公的権力があるわけではないが、役場窓口を兼ねた交番、と思っていただければいいかと思う。本書でも、奉行所の同心が自身番に町の噂話を拾いに来たり、不案内な人が道を尋ねに来たりと、まさに交番の風景だ。

書役というのは、その自身番の事務係・記録係である。そして書役が町内の出来事や人口統計、会計、事務記録などを書き記したものを「自身番日記」と呼ぶ。本書のシリーズタイトルはここから来ている。

おっと、少しだけと言いながら説明が長くなってしまった。本筋に戻ろう。

つまり自身番とは町で何かあればすぐに話が持ち込まれる場所なわけだ。そこに務める書役が主人公なのだから、彼が町の事件に巻き込まれ、それを解決する捕物帖だな――と思った人が多かったのではないだろうか。かく言う私も、てっきりそういった設定のシリーズだと思ってページをめくった。だがすでに本編をお読みの方はご承知のとおり、そうではない、のである。それが本書の特徴だ。

序は、可一がどのような青年で、なぜ書役をしているのかが紹介されるとともに、その可一の視点で町の様子がスケッチされる。自身番屋での町の噂話に始まり、知り合いの手習い所の先生と挨拶を交わし、幼なじみの一膳飯屋に顔を出し、船着場の光景を眺(なが)める。何と言うことのない、江戸の町場の風景。だがこれがいい。花川戸町がどんな場所なのか、匂い立つように浮かび上がる。ここが可一の町なのだなあ、と親近感が湧く。
と、思ったら。次から始まる第一話から第三話にかけては、可一ではなく、市井の人々が主人公のオムニバス小説なのだ。第一話「一膳飯屋の女」は、飯屋《みかみ》に雇われた若い女性・お柳(りゅう)と、彼女に恋する店主・吉竹(よしたけ)の物語。第二話「神(かみ)の子(こ)」は花川戸と川越(かわごえ)を結ぶ新河岸川(しんがしがわ)舟運(しゅううん)の船頭・啓次郎(けいじろう)と、彼の幼い娘・お千香(ちか)が巻き込まれた賭場(とば)での厄介(やっかい)ごと。そして第三話「初恋(はつこい)」は、花川戸町で手習い所をやっている浪人のもとに、身分の高い女性が訪ねてくるという話だ。

　これら三話では、可一は通りすがりでしかない。あくまでも花川戸町に住む町人たちの物語なのである。

　これ以前のシリーズで見せたような捕物や剣戟も、無いわけではない。むしろ、第二話の臨場感溢(あふ)れる賭場の場面はスリリングこの上ないし、第三話で展開されるひとり対大勢の剣戟場面はさすがの迫力とスピード感で、そのスジのファンも充分満足すること間違いなしだ。そういう得意ジャンルの要素を入れつつも、ここに描かれているのは、その日を懸命に生きる普通の人々の様子である。

恋をして心がはずみ、いろいろなことが輝いて見える日々。その思いが破れ、けれどその経験を自分の中できちんと愛おしむことができる強さ。信頼してくれる人のために無理をしても仕事を完遂しようとする責任感。親を助けたいという子の気持ちと、子にとっていちばんいい道は何なのかを考える親心。浪々の身になっても義を貫く武士の一分。

どの物語も事件は決着する。だがどこか苦味が残る。これでいいと思いつつも、他に方法はなかったのかと考えてしまう。そんな読後感は、まるで人生そのもののようだ。

第二話で啓次郎父娘が迎えた結末に対し、手習い所の先生と可一が会話をする場面がある。そこで可一は「啓次郎さんの気持ちは、わかるような、わからないような……」と言ったあとで「先生のことだって、わかるようなわからないような」と言い添える。

なんて象徴的な言葉だろう。花川戸町の人々は、いや、人は誰しも、他人にはわからない思いを胸に抱えている。明るい人も穏やかな人も、大人も子どもも、身分のある人も庶民も、武士も町民も、罪人ですら、なにがしかの思いを抱えて今日を生きている。そして互いに、わからないまでもその気持ちを推し量ったりわかろうと努力したり、あるいはわからないなりに自分にできることをしたりして、そういう人々が集まって「町」ができている。いろんな人が行き交うからこそ「町」であり、自身番は、そんな「町」の「人々」の交差点なのだ。だから本書は「自身番日記」なのだし、誰かひとりの話ではなくオムニバスでなくてはならなかったのである。

主役だけではなく、悪役も含め、さまざまな人の思いを描く。それはこの後の辻堂魁の作品でさらに色濃く出てくる特徴である。たとえば「風の市兵衛」シリーズにも、思わず感情移入してしまう敵役が多々登場する。また、躍動感あふれる市井の描写は「読売屋天一郎」シリーズ（光文社文庫）でも味わえるし、凜とした生き方と苦味の残るエンディングは切腹の介錯人を主人公にした著者初の単行本『介錯人』『黙』に結実した。本書に、後の辻堂魁の種が詰まっていると書いたのは、そういうわけだ。

いや、「後の」まで待たずとも、本書に続くシリーズ第二弾『女房を娶らば花川戸町自身番日記2』に、それらすべての要素が十全に詰まっている。こちらは連作の形をとりながらも話を跨いで事件が続く長編であり、本書に登場した魅力あふれる人物たちが再び集う。著者お得意の剣戟シーンもあるし、大掛かりな捕物もある。タイプの違う三人の「女房」たちの人間模様も実に読ませる。何よりクライマックスの迫力と身を切られるような悲しみ、その後の意外な展開まで含め、この『女房を娶らば』を読まなくては「花川戸町自身番日記」は語れないと言えるほどの出来なのだ。遠からず刊行される予定だそうなので、ぜひ本書と併せてお読みいただきたい。

それにしても、割を食ったのは主人公と見せかけて脇に追いやられた可一である。読本の戯作者という彼の夢はどうなるのか、ぜひとも続きを読みたいところだ。……いや待てよ、可一が書役で本シリーズが「自身番日記」ということは、これは可一が書いた小説とも考えられるのか？　辻堂魁……かい……かいち……。

あっ。

注・本作品は、平成二十三年五月、二見書房より刊行された、『神の子花川戸町自身番日記1』を著者が大幅に加筆・修正したものです。

神の子

一〇〇字書評

切り取り線

購買動機（新聞、雑誌名を記入するか、あるいは○をつけてください）

□（　　　　　　　　　　　　　　）の広告を見て
□（　　　　　　　　　　　　　　）の書評を見て
□ 知人のすすめで　　　　　　□ タイトルに惹かれて
□ カバーが良かったから　　　□ 内容が面白そうだから
□ 好きな作家だから　　　　　□ 好きな分野の本だから

・最近、最も感銘を受けた作品名をお書き下さい

・あなたのお好きな作家名をお書き下さい

・その他、ご要望がありましたらお書き下さい

住所	〒				
氏名		職業		年齢	
Eメール	※携帯には配信できません		新刊情報等のメール配信を 希望する・しない		

この本の感想を、編集部までお寄せいただけたらありがたく存じます。今後の企画の参考にさせていただきます。Eメールでも結構です。

いただいた「一〇〇字書評」は、新聞・雑誌等に紹介させていただくことがあります。その場合はお礼として特製図書カードを差し上げます。

前ページの原稿用紙に書評をお書きの上、切り取り、左記までお送り下さい。宛先の住所は不要です。

なお、ご記入いただいたお名前、ご住所等は、書評紹介の事前了解、謝礼のお届けのためだけに利用し、そのほかの目的のために利用することはありません。

〒一〇一‐八七〇一
祥伝社文庫編集長　坂口芳和
電話　〇三（三二六五）二〇八〇

祥伝社ホームページの「ブックレビュー」からも、書き込めます。
www.shodensha.co.jp/bookreview

祥伝社文庫

神の子　花川戸町自身番日記

令和 2 年 9 月 20 日　初版第 1 刷発行

著　者　辻堂 魁

発行者　辻　浩明

発行所　祥伝社

東京都千代田区神田神保町 3-3

〒 101-8701

電話　03（3265）2081（販売部）

電話　03（3265）2080（編集部）

電話　03（3265）3622（業務部）

www.shodensha.co.jp

印刷所　堀内印刷

製本所　ナショナル製本

カバーフォーマットデザイン　中原達治

ISBN978-4-396-34667-6 C0193